Erotische overheersing en onderwerping Deel 6

Erika Sanders
serie

Overheersing en erotische onderwerping

samenvatting

Deze bundel bevat inhoudelijk drie romantische en erotische BDSM-titels.

- Gedomineerd door zijn jonge Mexicaanse werknemer:

Patrick heeft een yoghurtijswinkel waar meerdere medewerkers werken.

Onder deze medewerkers is een jonge Mexicaan, Katy, met wie Patrick meerdere keren heeft gefantaseerd.

Op een dag, terwijl ze wachten op klanten, ontwikkelt zich een gesprek dat Patrick nooit had voorzien of verwacht...

- Nazi-teef:

Parijs eind 1940.

hoofdkwartier van de Gestapo.

De FEM1-afdeling is de afdeling waar vrouwelijke gevangenen die door de Gestapo zijn gevangengenomen, worden ondervraagd.

Vicky is het hoofd van een afdeling die volledig bestaat uit wulpse vrouwen die op de hoogte worden gebracht van de komst van een nieuwe gevangene...

- Diepe keel (BDSM):

Julieta is een rechercheur die, om haar zaken op te lossen, niet aarzelt om de regels een beetje te overtreden als dat nodig is.

Haar zus Barbara neemt haar in dienst omdat ze een probleem heeft met seksuele chantage in haar bedrijf.

Ze wil dat Julieta enkele compromitterende BDSM-video's vindt en ze verwijdert.

Wanneer Julieta deze video's verwijdert, is ze nieuwsgierig en begint ze af te spelen.

Daarin ziet hij zijn zus die zich bezighoudt met BDSM seksuele handelingen die hem beginnen te fascineren...

Gedomineerd door zijn jonge Mexicaanse werknemer, nazi-teef en Deep Throat (BDSM) zijn verhalen met een sterk erotisch BDSM-gehalte en maken op hun beurt deel uit van de Erotic Domination Collection, een reeks romans met een hoog BDSM-gehalte.

(Alle personages zijn 18 jaar of ouder)

Opmerking van de uitgever:

Erika Sanders is een internationaal bekende schrijfster, vertaald in meer dan twintig talen, die haar meest erotische geschriften, ver van haar gebruikelijke proza, signeert met haar meisjesnaam.

Inhoudsopgave:

GEDOMINEERD DOOR ZIJN JONGE MEXICAANSE WERKNEMER
VAN
ERIKA SANDERS

HOOFDSTUK 1

Een vroege lenteregen trof de parkeerplaats, waardoor de temperatuur tot een nieuw dieptepunt daalde.

In de ijsyoghurtwinkel deelde Katy een van de ronde tafels met haar baas Patrick Adams en wachtte ze op klanten die wisten dat ze zelden zouden komen opdagen vanwege het slechte middagweer.

De donkere onweerswolken activeerden de elektronische sensoren voor de parkeerverlichting en brachten wat licht in de duisternis buiten.

In de felverlichte tent glimlachte Patrick om de lichte blos op Katy's wangen.

"WOW, wat ben je aan het lezen dat je kan doen blozen?"

'Porno,' antwoordde Katy terwijl ze hem recht aankeek, ook al waren haar wangen rood van schaamte.

Terwijl Patrick lachte, zag hij zijn verlegenheid afnemen toen zijn ogen zich vernauwden.

"Wat is daar zo grappig aan?"

Patrick vroeg zich af waar hij moest beginnen met het opsommen van de leuke dingen die zijn antwoord had.

Katy Gonzales had alles om heel onschuldig te zijn.

Haar opgewekte houding paste bij haar donkere huid en haar, zwarte ogen en sproeten op de brug van haar neus.

Hij huurde haar in omdat ze vrolijk was en een erg knappe Mexicaan, en dat vonden de klanten in de buurt leuk.

Snel en intelligent lachte ze gemakkelijk en behandelde onbeschofte klanten met een geduld dat je niet zou verwachten van een twintigjarige.

Hij heeft ooit geprobeerd haar een gaststoel te geven in een van haar fantasieën.

Hij streelde zijn harde pik en stelde zich haar blote borsten voor voordat hij het opgaf en ze verving door iemand anders.

Katy Gonzales was te goed om te spelen in zijn masturbatieplezier.

'Nou, wat bloosde je,' zei hij.

"Dus wat draag je als je het zelf doet? Video's, waarschijnlijk, toch?"

'Meestal,' zei ze, zich afvragend of haar wangen ook roze werden. 'Wat voor dingen lees je dan, erotische romances?'

"Hé, je bent nog niet eens dichtbij. Vertel me wat voor soort porno je graag kijkt en ik zal je vertellen wat ik graag lees."

Gezien zijn toestand voelde Patrick een opwinding in zijn schoot terwijl hij zich verbeeldde dat hij de waarheid sprak.

Hij zou niet.

Onder geen omstandigheid.

'De gebruikelijke dingen,' bedekte hij zich ermee en kreeg nog een stalen blik van haar. "Serieus en alleen van man tot vrouw. Nu is het jouw beurt."

Haar antwoord verraste hem.

"Voornamelijk erotisch harde BDSM".

Toen Patrick weer begon te lachen, kreeg hij opnieuw een scherpe blik, maar hij kon er niets aan doen.

Het idee van dit schattige, onschuldige meisje dat iets hards voorleest, was op zich al leuk genoeg, maar BDSM?

Hij probeerde te stoppen met lachen.

'Het spijt me. Ik weet het gewoon niet, dat antwoord had ik niet verwacht.' Katy leek niet gekwetst door haar lach, ze keek boos. Zijn vreugde ebde weg. "Dus wat is de aantrekkingskracht die dit op je heeft?"

"Wees de baas", zei hij. "Laat mensen de dingen doen die ik wil."

Patrick lachte weer.

Hij hield van Katy's persoonlijkheid, maar het was haar arbeidsethos die ruimte liet voor verbetering.

Ze was lui, ze toonde nooit een enkele leiderschapstrek.

"Zoals?"

'Alles. Alles,' antwoordde Katy schouderophalend. Vreemde dingen. Hoe vreemder, hoe beter. Er was een verre blik in zijn ogen toen hij naar een punt op de muur net boven zijn schouder staarde. Ze huiverde. "Ik denk dat het leuk zou zijn om een echte seksslaaf te hebben."

'Nou, laat het me weten als je sollicitaties accepteert van oude mannen van in de veertig.'

Opnieuw was hij verrast door haar antwoord.

"Bied je jezelf aan?"

Patrick dacht lang na over de mooie Mexicaanse brunette.

Zou ze het meende?

"Wat als je geen grapje maakt?" Hij vroeg.

'Wat als ik meneer Adams niet ben? Wil je echt een onrechtvaardig instrument zijn, gedwongen om me te aanbidden zonder de belofte van bevrijding en al mijn verlangens vervullen, hoe ziek of verwrongen ze ook zijn?'

Hij hield haar blik vast voordat hij lachte.

"Nou, wie is de grappenmaker?"

'Laat het me zien,' zei ze, zonder te glimlachen.

"Laat zien?"

'Je hebt me gehoord. Als je dat wilt doen, laten we het doen. Laat het me zien. Hier. Nu.'

'Je zou gek worden als ik het deed.'

'Nee, dat zou ik niet doen. Maar ik zou je in mijn dienst hebben aangenomen.'

"Wat bedoel je met 'zou'?"

Ze klopte op zijn hand.

'Slaven moeten sterk zijn, meneer Adams.'

'Bedoel je dat ik zwak ben?' vroeg hij, zich opnieuw afvragend of het een spelletje was.

'Ik zeg dat je je hele leven niet hebt gewerkt en dat je het zojuist hebt bewezen.'

"Vraag me het nog een keer."

"Fout antwoord", lachte hij.

Het duurde even voordat hij begreep waarom het verkeerd was.

'Het spijt me,' zei hij, zich realiserend dat het niet zijn taak was om iets van haar te vragen.

'Bedankt, dat is beter,' gaf hij toe.

Ze hield haar hoofd schuin en dacht er even met een halve glimlach over na.

"Het wordt moeilijk voor mij en we kunnen het opnieuw proberen."

Patrick voelde zijn wilskracht afnemen.

Ze had een lidmaatschap van een sportschool gekocht in de hoop vrouwen van een hoger kaliber te ontmoeten.

Hij werkte drie maanden aan zijn lichaam van middelbare leeftijd.

Hij spande en rechtte zijn lichaam op manieren die de twintigjarige versie van hem nog nooit had gedaan.

Hij was trots op zijn nieuwe lichaam en raakte gefrustreerd elke keer dat hij tijd doorbracht met een andere vrouw van zijn leeftijd.

Hij verdiende beter, maar drie maanden nadat hij het had gedaan, was hij moe.

Toen hij naar de voorkant van zijn kaki werkbroek keek, zag hij het begin van een erectie.

"Weet je dat ik dit echt goed ga krijgen?"

'Ik kijk er naar uit,' zei ze, glimlachend terwijl haar ogen naar zijn kruis flitsten.

'Wil je naar de achterkamer gaan?' vroeg hij, terwijl hij voelde dat zijn erectie acceptabele lengtes bereikte.

'Nee. Hier. Nu meteen. Sta op, trek je broek uit en laat het me zien. Als je niet stoer bent, is de deal voorbij.'

"Wat als ik het ben?"

Hij leunde over de tafel, legde zijn kin op de palm van zijn hand en hield haar blik vast.

'Dan is het tijd voor jou om voor me te spelen. Laat me nu eens zien hoer.'

In de afdaling van de jaren veertig was hij daar te oud voor.

Hij wist het beter dan wie dan ook.

Hij zette zijn reputatie en zijn baan op het spel.

Toen ze begin twintig was, was Katy te knap en levendig om hem te willen.

Ik wist dat dit gewoon een spelletje voor haar was.

Wat als het deed?

Het risico van zijn toekomst hield hem niet tegen, hoewel hij weken voordat het druk werd een goed teamlid zou kunnen verliezen.

Maar het leven bestaat uit kleine beslissingen die on-the-fly worden genomen.

Ze werkte aan haar stappen en maakte haar riem los.

Ook de knoop bovenop haar kaki broek en opende ze toen hij naar haar keek.

Katy hield zijn blik vast, haar ogen verlieten de zijne nooit.

Ze reikte in zijn ondergoed en legde haar hand op de lange, stevige stok van zijn mannelijkheid.

Hij streelde het instrument van zijn plezier en vroeg zich af hoe hij zou reageren.

Hoewel hij niet gezegend was met de proporties van pornosterren, schaamde Patrick zich niet voor zijn lengte of omvang.

Hij wist dat hij meer had dan de meesten en dat er maar weinig waren met meer dan hij.

Hij liet zijn hoofd zakken om de uiteindelijke beslissing te nemen en stond op.

Katy's ogen volgden de zijne terwijl ze opstond.

Patrick keek om zich heen op de donkere, lege parkeerplaats.

Iemand kon bij het raam lopen, maar dat had niemand het afgelopen uur gedaan.

Hij trok zijn broek en boxer omlaag en stelde zijn harde pik bloot aan de jonge vrouw.

Ze stond met haar handen op haar blote heupen en knikte.

Katy's blik gleed over zijn lichaam totdat haar blik op zijn gezwollen mannelijkheid viel.

Het knikje dat zijn pik haar aankeek was onvrijwillig.

Haar ernstige uitdrukking veranderde nooit, hoewel hij de pupillen van haar ogen zag verwijden.

Hij grijnsde.

'Nu ben je aan het aftrekken,' zei ze tegen hem.

"Nergens?"

Haar ogen keerden terug naar de zijne, smal en intens.

'Ik heb me niet goed uitgedrukt?'

Nadat hij nog een keer naar de parkeerplaats had gekeken, streelde hij zachtjes zijn harde pik.

Ja, hij was stoer, maar was hij opgewonden genoeg om snel een orgasme te krijgen?

Hij bleef strelen.

Ze staarde hem aan en keek naar zijn hand die met dezelfde onbevooroordeelde uitdrukking op zijn gezicht bewoog alsof ze naar hem keek terwijl hij papieren las of invulde.

Toch keek ze hem aan.

Hij voelde een emotie in zich opkomen die hem ertoe bracht verder te gaan.

Hij keek achterom naar de lege parkeerplaats en keek langs hem heen naar de auto's die door het centrum reden.

Dat was gek.

Iemand kon het zien.

Niet vanaf de snelweg, maar als ze in het centrum kwamen, zouden ze dat wel doen.

In de goed verlichte winkel was het te zien voor elke moeder die boodschappen deed terwijl de kinderen aan het studeren waren, of voor gepensioneerden die te verveeld waren om tv te kijken.

Hoe zit het met je buren?

Hij werkte sneller aan zijn staart.

Hoe eerder hij kwam, hoe eerder hij zich kon aankleden.

Hij voelde zijn opwinding toenemen.

Hij was dichtbij en arriveerde sneller dan verwacht.

Een week van onvrijwillig celibaat werkte in zijn voordeel.

'Zo dichtbij,' mompelde hij.

"Kom op de tafel," zei Katy, kijkend naar zijn uitdrukking en haar handen die aan zijn harde pik werkten.

Er was een hint van een glimlach in de rechterhoek van zijn mond en een twinkeling in zijn blauwe ogen toen hij klaarkwam.

Zijn pik explodeerde en zijn orgasme sproeide in een losse lijn van het ene uiteinde van de tafel naar het andere.

Katy's lach was niet de reactie die ze had verwacht.

'Het was goed,' zei ze. "Lik het nu maar."

Nadat een laatste rilling van genot over zijn schouders liep, staarde Patrick haar met grote ogen aan en trok de wenkbrauwen op.

Hij keek naar zijn sperma, dat was gerangschikt in een golvende stroom van druiplijntjes en kleine plassen op de kunstmarmeren tafel.

Hij wist dat de tafel schoon was, hij zorgde ervoor dat zijn zaak schoon bleef.

Zijn brede glimlach vertelde haar alles wat ze moest weten.

Ze dacht niet dat hij dat zou doen.

Met haar broek en ondergoed nog om haar knieën, zijn harde pik vasthoudend, leunde ze voorover en likte de rotzooi die ze had gemaakt.

Hij werkte van het ene uiteinde van de tafel naar het andere en testte zowel de Formica-plaat als het uitgeworpen zaad.

Hij keek op en overzag de parkeerplaats en de voordeur.

Niemand zag het.

Toen hij klaar was, aarzelde hij voordat hij zijn broek optrok.

"Mag ik me aankleden?"

"Je leert snel", zei hij.

Ze greep zijn ballen en keek toe hoe zijn hand haar even streelde voordat ze hem aankeek.

'Als we dit doen, zal ik dit bezitten. Weet je zeker dat je dit wilt?'

"Ja mevrouw."

Ze streelde zijn nog steeds harde pik.

'Ga tegen die muur aan en wacht op me', zei ze, alsof ze een besluit had genomen.

Patrick had zijn broek nog steeds om zijn knieën en werd blootgesteld aan iedereen die zijn winkel zou kunnen rijden of passeren. Hij ging waar ze zei dat het zou zijn.

Achter de toonbank haalde Katy haar mobiele telefoon uit haar zak.

Mobiele telefoons waren tijdens de werkuren niet toegestaan.

Ze zette hem aan, richtte haar camera op hem en nam een foto voordat ze voor hem ging staan.

'Kleed je aan', zei hij en leunde achterover aan de tafel.

Patrick kleedde zich weer aan en voegde zich bij haar.

Op Katy's mobiele telefoon stond een foto van hem naast het logo aan de muur.

Onder de afbeelding waren er twee knoppen om op te slaan en te verwijderen.

Ze legde de telefoon voor hem neer.

'Nu jouw keuze. De ene knop leidt tot je vernietiging. De andere?' Ze haalde haar schouders op. "Ik denk dat de andere betekent dat ik net een gratis show heb gekregen."

"Mijn vernietiging?"

Katy bedekte de telefoon met haar hand.

"Ik meen het, meneer Adams. Het is mijn taak om je grenzen te zoeken en je verder te duwen. Hoe meer je kronkelt, hoe meer plezier ik heb. Discipline is slechts een deel van het werk. Als jij mij bent, laat ik je in de steek,' zal sturen." de foto van het hoofdkantoor van het bedrijf.
"

'Het is een seksspel, nietwaar?'
"Voor een van ons zal het zijn."
Toen ze haar hand bewoog, drukte hij op de knop Opslaan.

HOOFDSTUK 2

'Paraplu is je veilige woord,' zei hij, terwijl hij zijn mobiele telefoon van de tafel pakte en in zijn zak stopte.

Hij legde uit wat een stopwoord betekende, hoe hij haar de enige minnares zou noemen als ze alleen waren, en wat het verschil was tussen in de wereld leven en 'in de wereld zijn'.

'Je leeft in deze wereld, maar je bent niet langer van hem. Je hebt geen rechten. Niemand mag van onze overeenkomst weten. Lieg tegen iedereen behalve tegen mij.'

Terwijl hij zijn lijst met instructies en regels doornam, begonnen Patricks twijfels.

Ze had er veel dieper over nagedacht dan hij zich had voorgesteld.

Toen hij klaar was, pakte hij zijn mobiele telefoon en de foto van hem stond voor het logo.

Ook hier waren er twee opties: verhogen of annuleren.

"Als je op Uploaden klikt, wordt deze opgeslagen in een privémap op internet. Als je op Annuleren klikt, verwijderen we de foto van mijn telefoon en vergeten we alles."

Hij aarzelde voordat hij de last duwde.

'Je bent een stomme, verdomde trut,' zei ze lachend en liep terug naar de balie.

Hij nam aan dat ze haar mobieltje had weggelegd.

In plaats daarvan bracht ze haar tas terug naar de tafel en ging zitten.

"Kun je weer hard worden?"

'Ja,' zei hij, uitkijkend naar zijn volgende bestelling.

"Goed. Gooi je ondergoed weg, je hebt ze niet meer nodig en laat me eens kijken hoe moeilijk het is om weer aan te trekken."

Patrick erkende zijn gebrek aan keuze, deed zijn schoenen uit, deed zijn broek en ondergoed uit en gooide zijn boxer weg.

Hij ging met niets naast haar zitten en wreef weer over zijn staart.

Het duurde niet lang.

'Goed. Trek je broek aan voor het geval er iemand binnenkomt.'

Opgelucht dat hij zich mocht aankleden, trok hij zijn broek weer aan.

'Dank u, meesteres,' mompelde hij, terwijl hij voor het eerst zijn nieuwe titel gebruikte.

Onder de geplooide voorkant was zijn erectie nog steeds duidelijk.

"Heb je een camera op je telefoon?"

"Ja meesteres."

"Goed. Dus je moet me elke vijf minuten een foto van je harde pik sturen. Precies elke vijf minuten. En niet een foto van haar door je broek, maar van je naakte penis, weet je wel?" Ze hield haar tas in haar hand, pakte haar autosleutels en stond op.

Patrick knikte.

"Waar ga je naar toe?"

'Dat kun je me niet meer vragen, trut.'

'Het spijt me, meesteres,' zei hij, zich afvragend hoe hij nog steeds zijn baas op het werk kon zijn.

Is dat nog steeds waar?

Hij doorzocht het menu op zijn telefoon, vond een timer en zette deze op vijf minuten.

Verzonken in gedachten, moest hij zijn erectie doen herleven voor zijn eerste foto.

Verveeld liep hij door de winkel en ijsbeerde tot er weer vijf minuten verstreken.

Deze keer wachtte zijn erectie op zijn foto.

Hij opende hem, haalde zijn penis eruit, nam de foto en was bezig hem te verzenden toen er koplampen over de parkeerplaats bewogen.

Hij merkte dat hij in het zicht van de auto was en dat zijn harde pik uit zijn broek stak.

Hij draaide het raam de rug toe, maakte de tekst af en stak zijn staart weer in.

Hij bleef voorzichtig met volgende waarschuwingen op zijn timer.

Negen keer stuurde hij Katy foto's van zijn harde pik.

Na de tweede stuurde hij de rest weg uit de relatieve beslotenheid van zijn backoffice, in het vertrouwen dat ze beschermd zouden zijn tegen nieuwsgierige blikken.

Hij stond op het punt om zijn tiende foto van de middag te maken toen de dienstdeur openging.

Hij wendde zich af van de open deur, friemelde aan zijn telefoon, verborg zijn pik en liet zijn telefoon op de grond vallen voordat hij Katy's lach hoorde.

'Je draait je gewoon om,' zei hij.

Dat deed hij, zijn harde pik stak uit haar opening.

Hij zag de opgetogen glimlach op haar gezicht en het voelde goed om een deel van haar te zijn.

Katy liep om hem heen en streek met haar handen over zijn lichaam.

Ze greep zijn borst, kneep in zijn kont en kneep om de een of andere reden in een van zijn oren.

Ze stond voor hem en streelde zijn harde pik.

Het voelde vreemd dat deze jonge werknemer hem zo diep moest raken.

Ze was vele centimeters kleiner dan hij en keek toe hoe hij zijn pik wreef.

'Je was een goede jongen,' zei hij. "Toen stuurde je me om de vijf minuten een foto. Het verdient een beloning. Wist je dat ik dol ben op pik zuigen, meneer Adams?"

"Nee Ama," zei hij, zijn pik bonzend in zijn hand.

"Mm ja. Ik hou van het gevoel van een mooie lange harde pik tussen mijn lippen. Weet je wat het beste is aan het zuigen aan een pik, meneer Adams? Het gevoel dat het in mijn mond explodeert. Verdomme, ik hou van dat gevoel. Ik word al nat als ik eraan denk. Zou dat een goede beloning zijn, meneer Adams? Zou je mijn warme, natte lippen rond je harde pik willen voelen?

'Ja, meesteres,' zei hij, hoewel hij er zeker van was dat zijn kloppende pik het antwoord voor haar was.

"Of misschien zie je me liever naakt. Zou je dat leuk vinden, meneer Adams? Wil je zien hoe ik er naakt uitzie? Ik weet dat ik geen grote borsten heb, maar ze zijn ondeugend en mijn tepels zijn erg lang "Iedereen houdt van mijn tepels. Hou je van dat geschoren kutje? Zo houd ik de mijne mooi glad. Wil je me naakt zien, meneer Adams?"

Hij voelde zijn mond droog worden.

Heeft ze hem bedrogen?

Was er een antwoord dat beter was dan een ander?

'Ja, meesteres,' herhaalde hij opgewonden bij het idee.

"Hmm, wat moet ik doen, meneer Adams? Wilt u dat ik u afzuig of u mij naakt laat zien?"

Zijn behoefte was enorm gegroeid.

Hij werd gedwongen te kiezen en koos het antwoord, inclusief een orgasme in zijn mond, voor zichzelf.

Ze trok haar wenkbrauwen naar hem op en wachtte op een antwoord op haar vraag.

"Een pijpbeurt zou goed zijn mevrouw."

'Verkeerd antwoord,' zei ze, nog steeds over haar wrijvend. "Wil je het nog een keer proberen?"

'Haar naakt zien zou een voorrecht zijn mevrouw,' corrigeerde hij snel.

"Dat klopt, het zou een voorrecht moeten zijn om me naakt te zien, maar het is nog steeds het verkeerde antwoord."

Patrick voelde zich verloren en verward.

Hoe kunnen beide antwoorden fout zijn?

Ze negeerde de verwarde blik op zijn gezicht en duwde naar voren.

'Trek je kleren uit,' zei ze tegen hem, terwijl ze een stap achteruit deed en toekeek hoe hij zich uitkleedde.

Hij trok alles uit, van zijn shirt met logo tot zijn schoenen en sokken.

"Oké, buk nu en grijp je enkels vast."

Hij deed wat hem werd gezegd en wist niet wat hij kon verwachten totdat het gebeurde.

Katy sloeg hem in elkaar met een van de lange spatels die werden gebruikt om de yoghurtmachines schoon te maken.

Het gereedschap van restaurantkwaliteit maakte een luide knal toen het tegen zijn linkerkont stuiterde.

Even later voelde hij de steek van haar aanval.

Ze volgde hem met een tweede klap op de rechterbil.

Opnieuw was er een korte vertraging voordat zijn lichaam de pijn van de klap registreerde.

Keer op keer sloeg ze hem, veranderde de billen en de exacte plaatsen totdat haar billen warm en brandend aanvoelden.

Hij kromp ineen bij elke tegenslag.

Het stopte eindelijk.

'Houd je ogen vooruit,' beval hij.

Hij bleef bevroren en kon niet zien of raden wat hij aan het doen was totdat hij het voelde.

Ze drukte iets tegen haar anus.

Ik wist niet waar het over ging.

Hij vermoedde dat het geen vinger was en dat ze hem op de een of andere manier had ingesmeerd.

Het voelde ongemakkelijk, maar hij was mager en ze was zo aardig om het in haar anus te werken.

'Laat het daar of ik sla je nog een keer,' zei hij terwijl hij de puzzel oploste.

Hij had het handvat van de spatel in haar kont geduwd.

Toen ze hem losliet, voelde ze dat hij van haar achterste dreigde te glippen, kneep in hem en wilde dat hij op zijn plaats bleef.

Ze stapte voor hem uit, pakte zijn kin vast en draaide zijn gezicht naar het hare.

Ze loste een tweede puzzel voor hem op.

"Het juiste antwoord was 'Wat je maar wilt, meesteres.' Ze trok het geïmproviseerde speeltje uit haar kont en hij hoorde haar het in de gootsteen gooien: 'Je kunt naakt blijven.' Ik zou ervoor kunnen kiezen om je later te belonen."

'Dank u mevrouw,' zei hij, zich kwetsbaar en bloot.

De deurbel ging en Katy stapte naar voren en liet hem achter.

Hij luisterde terwijl ze met haar gebruikelijke opgewektheid tot de klant sprak. '

In de hoop dat het goed was, stond hij op.

Zijn kont deed pijn, maar zijn pik was nog steeds hard.

De rest van de dag heeft hij zich verstopt in de achterkamer.

Aan het eind van de dag ging ze naar huis en had een orgasme en een voorraadlijst in haar zak nodig.

'Ik bel je morgen en we beginnen met je training,' zei ze, hem naakt achterlatend in de achterkamer van de winkel.

HOOFDSTUK 3

Het was elf uur 's ochtends toen haar telefoon ging met een bericht van Katy waarin ze haar adres vroeg.

Om twaalf uur verscheen ze op zijn stoep.

Patrick had zijn lijst afgemaakt, zijn pik en ballen geschoren en was vol verwachting toen hij de deur voor haar opendeed.

Ze stond in de kleine gang, keek hem aan en streek met haar hand over zijn broek over zijn geschoren vlees.

Zijn staart danste om aandacht.

"Bent u in nood?" Zij vroeg.

"Ja meesteres." Hij was zo.

Hij had de nacht doorgebracht en zijn ochtend opgewonden en hard.

"Wil je een orgasme?"

'Zijn wil, meesteres,' zei hij, terwijl hij ervoor zorgde de fout van gisteren niet te herhalen.

Hij zag haar glimlachen en merkte haar voorzichtige antwoord op.

'Je leert snel,' zei ze, terwijl ze hem bij zijn staart greep en hem naar haar huisje leidde.

Het was haar eerste bezoek en ze kreeg een rondleiding door de bungalow met twee slaapkamers en twee badkamers.

Ze duwde hem achter zich terwijl ze van kamer naar kamer liep.

Patrick woonde sinds zijn scheiding alleen en hield zijn kamer keurig schoon.

Ze stopte voor haar dressoir.

"Open je ondergoedla."

Toen hij de bovenste la opendeed, schudde ze haar hoofd.

"Wat is dit?" vroeg ze terwijl ze een boxershort omhoog hield.

"Ondergoed?" antwoordde hij verward.

'Heb ik je niet gezegd dat je het niet meer nodig hebt?'

'Ja, meesteres', zei hij kronkelend.

Ze was nog geen tien minuten thuis en hij had haar al in de steek gelaten.

'Wat voor soort man vouwt zijn ondergoed op?' vroeg hij, terwijl hij alle boxers tevoorschijn haalde en door de kamer gooide.

Ze liet het in haar kamer achter en kwam terug uit de hoofdkamer met het pakje wasknijpers van haar boodschappenlijstje.

Hij opende de doos met plastic clips en begon de regenboogkleurige clips een voor een aan zijn ballen te bevestigen.

De pijn was voortreffelijk.

Terwijl hij elke clip toevoegde, schommelde en bonsde zijn pik.

'Laten we gaan', zei ze terwijl ze achterover leunde om zijn werk te bewonderen. 'Tien ondergoed. Tien wasknijpers. Pak nu de boxer tussen je tanden en gooi ze weg.'

Patrick ging op handen en voeten staan en kroop door zijn kamer.

Een voor een nam hij een boxershort in zijn mond, droeg ze naar de prullenbak in de hoek en liet ze erin vallen.

De wasknijpers aan zijn ballen voelden aan als bijensteken, maar zijn staart bleef hard.

Hij zat bij het laatste paar toen een van de wasknijpers uit zijn ballen werkte.

Alle hoop die hij had dat ze het niet zou merken of erom gaf, verdween snel.

'Waardeloze klootzak', zei hij, terwijl hij de plastic clip optilde. "Sta op."

Hij heeft het gedaan.

Ze plaatste de klem terug en voegde een andere toe aan elk van haar tepels.

'Wacht hier', beval hij en keerde terug naar de andere kamer.

Ze draaide het om en bond zijn handen achter zijn rug met een stuk touw.

Toen sloeg ze een sjaal om zijn ogen en verblindde hem.

Met haar handen op zijn schouders draaide ze hem om en leunde hem tegen de muur.

Hij stond op en luisterde aandachtig.

Hij voelde haar nog steeds voor zich.

Als ik over de brug van zijn neus keek, kon hij zijn harde pik, de wasknijpers op zijn lichaam en zijn voeten zien.

Ze voelde iets zachts op haar tenen en zag een slipje aan haar vingers.

Even later werden ze verbonden met een beha.

Zijn pik bonsde toen hij merkte dat Katy zich ook had uitgekleed en haar naar het bed hoorde bewegen.

Hij vocht tegen de neiging om zijn kin op te tillen zodat hij zijn bed kon zien.

Terwijl hij luisterde, hoorde hij haar lage kreunen van plezier en het lichte, natte geluid van vingers die over een poesje wrijven.

Hij hoorde haar naar adem snakken toen een orgasme haar bereikte.

Toen ze twee van haar vingers in zijn mond stak, proefde hij voor het eerst haar seks.

'Als je klaar bent om me goed van dienst te zijn, ben ik in de woonkamer. Trek de stront uit en doe mee.'

Toen hij over de brug van haar neus keek, zag hij haar haar slipje en beha oppakken voordat ze de kamer verliet.

HOOFDSTUK 4

Als hij zijn handen bewoog, kon hij het werk dat zij had gedaan gemakkelijk ongedaan maken door op zijn polsen te slaan.

Het was interessant voor hem dat ze hem niet strakker had geboeid.

Met zijn vrije handen deed hij de blinddoek af.

Het open pakje wasknijpers lag nog op haar bed.

Hij verwijderde de twaalf pincetten die hij bij zich had, stopte ze weer in zijn zak en ging naar de andere kamer.

Hij trof Katy naakt aan aan de eettafel waar hij voorraden op zijn lijst had gezet.

Haar stevige kleine donkere kontje was net zo gebruind als haar rug.

Ze draaide zich om toen ze hem hoorde.

'Je ziet er goed uit,' zei hij met een glimlach.

'Dank u, meesteres,' zei hij.

Zijn pik bonsde terwijl hij ervan genoot haar zo mooi naakt te zien.

'Doen de eieren pijn?'

'Een beetje', gaf hij toe.

'Ontspan,' zei hij en opende een paar pakjes. "Dit moet leuk zijn, weet je nog?"

Hij wilde vragen wie, maar hij zei niets.

Zoveel speelgoed, dacht hij.

Toen ze naar hem keek, dronken haar ogen van de schoonheid van zijn naakte, jonge lichaam.

Hij bewonderde haar stevige en parmantige borsten en de lange, harde tepels die trots uit deze dubbele golven staken.

Onder haar platte buik zag hij dat ze geschoren was.

Haar kutje leek opgezwollen van haar laatste orgasme.

"Heb je hier iets te eten?" vroeg ze, draaide zich om en ging naar haar keuken.

Ze opende haar koelkast alsof het de hare was.

Ze zette twee kopjes yoghurt opzij en rommelde in de keukenla tot ze twee lepels vond.

Hij trok er een aan en hield die voor zijn staart.

'Masturberen,' zei ze tegen hem.

Onnodig te zeggen dat Patrick zijn pik begon te strelen.

Ze keek hem tevreden aan.

"Fuck you hot," zei hij.

Toen haar orgasme naderde, wees ze met haar eikel naar de open yoghurtcontainer.

Ze hoefde niet verteld te worden dat ze hier haar orgasme wilde hebben.

De kracht van haar orgasme roerde de yoghurt.

'Goed,' zei ze, terwijl ze de yoghurt roerde voordat ze hem met de lepel in de beker overhandigde.

Hij pakte de andere van de toonbank.

'Ga door. Geniet ervan,' zei hij en lepelde de yoghurt in zijn mond zonder erin te roeren.

Patrick at terwijl hij zich ervan bewust was dat hij tegelijkertijd zijn sperma aan het eten was.

Hij was vernederd en opgewonden door het idee.

Katy's ogen dansten net zo open over hem heen als zijn ogen ze in zich opnemen.

"Hoe is de yoghurt?" Zij vroeg.

'Prima,' zei hij, niet zeker of hij het sperma had geprobeerd.

'Hoe lang duurt het voordat je weer hard wordt?'

"Ik weet het niet", gaf hij toe.

Zijn pik had zijn stevigheid verloren, maar hij was nog steeds dik en zag er vol uit.

'Ik ga je martelen tot je weer stoer bent,' zei hij voordat hij nog een lepel yoghurt tussen zijn lippen liet glijden.

Hij vroeg zich af of ze er nog spannender uit kon zien.

'Zoals u wilt, meesteres,' antwoordde hij, een vreemde mengeling van angst en emotie ervarend.

HOOFDSTUK 5

Ze dronk haar yoghurt op, vond een hoog glas in haar kast en vulde het met water.

Hij realiseerde zich hoe hij het waterfilter had aangezet voordat hij het glas vulde.

Hij gaf het aan haar en ze zei dat hij moest drinken.

Nadat hij het glas water had ingeslikt, vulde ze het opnieuw.

"Alweer."

Het kostte haar meer tijd om het tweede grote glas leeg te drinken.

Hij vulde het glas voor de derde keer.

"Neem je tijd," zei hij, "het is geen race."

Hij nam een slokje water en voelde zich opgeblazen door de eerste twee glazen.

Ze ging aan tafel zitten en pakte het dunste touw van haar lijst.

Het was een kwart inch nylon.

Hij knipte een meter lang met een schaar en opende toen een pak aanstekers.

Hij wikkelde het afgeknipte uiteinde van het touw voorzichtig over de vlam en smolt de draden aan elkaar.

Patrick was geïntrigeerd.

Ze bracht hem dichterbij en wikkelde een lus touw om zijn ballen.

Terwijl hij toekeek, maakte ze een enkele spoel, waarbij ze het afgeknipte uiteinde door de spoel, rond de lengte van de lijn en terug door de spoel rijgde.

'Het heet een paalsteek,' zei hij tegen haar. "Het is om twee redenen goed. Ten eerste omdat het gemakkelijk af te pellen is. Ten tweede, als het klaar is, blijft het niet plakken."

Ze spande het touw rond de bovenkant van haar ballentas en maakte de knoop af.

Het was krap, maar het doorbrak de cirkel niet.

"Zie je?" Zij vroeg.

Toen ze aan het touw trok, moest hij naar haar toe komen.

Hij maakte een tweede booglijn aan het andere uiteinde van het touw en vormde een tweede lus.

Hij kromp ineen toen ze aan het touw trok.

"Perfect. Draai je nu om en leun voorover, ik heb gewacht om deze stoute jongen te testen."

Voordat ze zich omdraaide, zag Patrick haar de leren schop oppakken die op haar lijst stond.

Voor sommige items op zijn lijst was een bezoek aan een speciaalzaak in een onsmakelijk deel van de stad vereist.

De winkel verkocht voornamelijk tatoeages, piercings, een volledige lijn van "tabak"-accessoires en een gedeelte voor volwassenen met een breed scala aan "huwelijks" hulpmiddelen.

Naast de verwachte selectie vibrators, dildo's, pluggen en smeermiddelen, was er een hele sectie gewijd aan zwepen, kettingen, schoppen, lederen accessoires en andere items die hem met afschuw vervulden toen het hem opwindde.

Na een dag geplaagd te zijn door Katy, vond hij het erg spannend.

Daar vond hij het touw, de troffel en vele andere dingen die op tafel lagen.

Katy sloeg hem met de schop en sloeg hem keer op keer totdat zijn kont heet werd als gisteren.

De scoop bedekte beide billen, hoewel hij zijn doel demonstreerde door ertussen te wisselen.

Ze giechelde terwijl ze aan het werk was en toen ze stopte was haar kont brandend en zacht.

"Ben je al stoer?"

'Nee Ama,' meldde hij.

Ze sloeg hem weer.

'Neem nog wat water, rust uit en we proberen het over een paar minuten opnieuw.'

Hij stond aan de tafel en keek toe hoe ze dikkere touwen meet.

Nadat hij verschillende lengtes had gesneden, smolt hij de uiteinden voordat ze konden rafelen.

"Werken met strijkers is een kunst." Ze sprak over websites die aan de oefening waren gewijd en hoe ze met haar vriend oefende. "Ik heb daar nooit vals mee gespeeld en we speelden maar met één snaar", legde hij uit. 'Ze is niet zo goed in binden, maar ze was zo vriendelijk om me te laten oefenen. En ik denk dat ze het leuk vond.'

Ze pakte haar touwen op en trok een stoel van de tafel de woonkamer in.

Hij liet Patrick op de stoel op zijn borst en buik liggen.

Ze werkte snel met de touwen, bond haar polsen aan twee benen vast en deed hetzelfde met haar knieën, waarbij ze haar rug bloot liet.

Ze knielde voor hem neer en bood hem een slok uit haar glas water aan.

'Drink,' zei ze tegen hem en goot het water sneller uit dan hij kon drinken.

Hij liep achter hem aan en trok aan het touw dat nog aan zijn ballen vastzat.

Patrick was machteloos om haar te stoppen.

"Ben je al stoer?"

'Geen meesteres,' zei hij, zich afvragend hoe hij hard kon worden als ze hem pijn deed.

'Ah, dat is heel triest,' zei hij, en ging terug naar de tafel om een schop te pakken.

Ze sloeg hem een paar keer en herstelde snel van de stekende pijn van haar vorige pak slaag.

"Hoe zit het nu?"

'Geen meesteres,' herhaalde hij hulpeloos.

"Misschien helpt dit."

Patrick voelde een vinger in zijn blote kont steken.

Ze duwde zo diep als ze kon.

Hij trok zijn vinger uit en deed het opnieuw met een tweede vinger.

Ze draaide haar vingers, rekte zich uit en smeerde hem in.

Ze verving haar vingers door een buttplug.

Ze reikte tussen zijn benen en streelde zijn pik.

Zijn vingers waren nog steeds glibberig van het smeermiddel.

Ze wreef erover tot zijn pik weer hard was.

'Veel beter,' zei hij.

Ze ging voor hem staan en haalde haar kleren van de bank waarop ze ze had laten liggen.

Ze zette het op.

Ze stopte om hem nog een slok water te geven en klopte op zijn hoofd.

'Ga nergens heen,' zei ze en hij hoorde haar gaan.

HOOFDSTUK 6

Patrick wist niet hoe lang hij aan de stoel was vastgebonden met de buttplug in zijn kont.

Hij nam aan dat het een half uur was, maar hij had geen manier om de tijd te vertellen.

Hij probeerde te tellen, de tijd te markeren, maar vond het moeilijk om het consequent te doen.

Hij telde langzaam en bereikte 622 keer, maar wist dat hij de tel nog twee keer kwijt was toen hij dacht dat het snel terug zou zijn.

En hij wist niet zeker hoe lang hij wachtte voordat hij begon te tellen.

Op een gegeven moment wist hij het zeker. Vijf minuten? Tien?

Haar kont deed pijn van het pak slaag.

Zijn staart bleef gezwollen.

Shit, ze was zo mooi.

Waar was ze?

Wanneer zou ik teruggaan?

Heb je echt gelijkspelletjes gespeeld met je vriendin?

Welke vriend?

Hebben ze om de beurt zo vastgebonden?

Hij begon weer te tellen.

Toen hij de driehonderd bereikte, besloot hij dat er nog vijf minuten over waren.

Hij werd afgeleid door de behoefte om te plassen.

Was dat waar het water over ging?

Hij begon opnieuw te tellen, eerst van driehonderd en besloot toen dat het er niet toe deed.

Hij begon het account opnieuw vanaf een.

Patricks neus jeukte.

Hij verplaatste het zo goed als hij kon.

Wat als er iets met hem zou gebeuren?

Wie zou het op die manier vinden en hoe lang zou het duren?

Hij kon schreeuwen, maar nog niet.

Hij begon hardop te tellen.

"Een twee drie ..."

Het sloeg weer zeshonderd.

Verzonken in bezorgde gedachten, realiseerde hij zich dat het niet langer zwaar was.

Verdomme, hij kon haar hem niet zo laten vinden.

Hij wilde dat zijn staart teruggroeide.

Hij stelde zich Katy's naakte lichaam voor, mooie kont en parmantige tieten.

Verdomme, hij moest plassen.

Haar tepels waren zo dik en groot.

Hoe heb je haar verstopt toen je aan het werk was?

Hij lachte en stelde zich haar voor terwijl ze door het vriesvak van een kruidenierswinkel liep.

Verdomme, dat zou een geweldige show zijn!

Toen hij weer begon te tellen, bewoog hij zijn staart bij elk nummer.

Deels omdat hij moest plassen en deels om hard te blijven.

Hij naderde de honderd toen hij de voordeur hoorde opengaan.

'Ah, je hebt op me gewacht,' zei hij. "Ben je nog steeds stoer hoop ik?"

'Ja, meesteres,' zei hij, opgelucht haar te horen.

Katy maakte de touwen los.

"Nou, sta op, schud het van je af en laten we eens kijken."

Hoewel de touwen zijn bloedsomloop nooit hinderden, kostte het hem toch even om op te staan.

Zijn harde staart rees trots omhoog.

'Mm, dat ziet er goed uit,' zei hij terwijl hij erover wreef.

Ze at een appel.

"Wil je wat?" Zij vroeg.

Ze wreef de appel over zijn staart en ballen voordat ze hem aanbood te bijten.

Elk smeermiddel dat op hem zat, moet door zijn staart zijn opgenomen, maar hij verloor de symboliek niet.

"Dorstig?" vroeg ze, terwijl ze de appel weer over zijn staart wreef voordat ze een tweede hap nam.

'Nee, meesteres. Ik moet plassen.'

"Het spijt ons?"

"Sorry, ik kan wachten."

'Hier, neem wat water,' zei ze terwijl ze hem het glas overhandigde.

Hij nam een slok.

'Ah, je kunt meer drinken dan dat,' hield hij vol.

Hij nam nog een slok.

"Kom op, nog een beetje."

Ze gebruikte het touwtje aan zijn ballen als riem, leidde hem naar de keuken, draaide het water open en vulde zijn glas.

Het geluid van stromend water verhoogde zijn drang om te plassen.

Ze glimlachte terwijl hij kronkelde.

"Elk probleem?"

"Ik moet echt gaan", gaf hij toe.

"Het spijt ons?" vroeg ze en liet het water lopen.

Hij knikte.

Ze gaf hem het glas en zei dat hij weer moest drinken.

Terwijl hij van het water nipte, opende ze de vriezer, haalde er wat ijsblokjes uit en gooide die in het glas.

Ze trok aan zijn riem en leidde hem terug naar haar woonkamer.

'Ik heb je hulp nodig in deze functie,' zei hij.

Ze dwong hem op de grond te gaan liggen, zich op te krullen en zijn knieën op zijn hoofd te leggen alsof hij in het midden van een salto werd betrapt.

"Perfect!" vertelde ze hem en streelde zijn kont.

Ze maakte het hem gemakkelijker en leunde met haar rug tegen de voorkant van haar bank.

Hoewel de positie ongemakkelijk was, was het niet ongemakkelijk.

Ze schoof de stoel dicht bij zijn hoofd, sloeg op zijn knieën en zette hem op zijn plaats.

Glimlachend streelde ze de onderkant van zijn ballen.

"Comfortabel?"

'Niet echt,' zei hij, bang dat ze hem zo zou achterlaten.

'Ah, maar dit is zo leuk,' zei ze terwijl ze het speeltje uit haar kont trok.

Ze liep terug naar de tafel en kwam terug met een lange, dunne dildo en meer glijmiddel.

Hij deed een beetje glijmiddel op het speeltje en duwde het in haar kont.

'Zie je wel? Is het niet grappig?'

Patrick antwoordde niet.

Zijn pik was hard en wees recht naar haar gezicht, en hij was nog steeds aan het plassen.

Ze duwde het speeltje op en neer alsof ze boter mengde.

"Kom op, geef toe dat je zo bent."

Omdat hij dat niet deed, fronste ze haar wenkbrauwen.

'Ik wed dat ik jou ook zo kan slaan.' Ze stond op, pakte de schop en sloeg hem op zijn tere kont. "Dat is beter?"

"Heeft niet lief".

'Maar is dat niet wat je wilde? Je zei toch dat je gecontroleerd wilde worden?'

"Ja meesteres."

'Gebruikt. Vernederd. Misbruikt?'

"Ja meesteres."

'Gebonden, genegeerd of wat je ook maar wilt doen, toch?'

"Ja meesteres."

'Goed. Moet je nog plassen?'

"Ja meesteres."

"Hoeveel wil je?" vroeg ze, terwijl ze het glas ijswater optilde en op de bodem van haar zak met ballen zette.

'Veel,' zei hij, terwijl hij zichzelf dwong de stroom te stoppen.

"Ga dan verder," zei hij met een grote boze grijns op zijn gezicht.

Patrick vocht tegen de drang in zijn lichaam en had spijt van alles.

Als hij nu plaste, zou hij op zijn gezicht en tapijt plassen.

Zijn zekere woord kwam bij hem op en bewoog naar zijn lippen.

'Hou op...' zei hij, even pauzerend voordat hij iets anders zei.

"Ja?" vroeg ze, en ze keek net zo verheugd als altijd. 'Heb ik je al gebroken?'

Ze bewoog het glas rond zijn ballen en plaagde hem met haar koele nattigheid.

Ze spetterde wat water in zijn gezicht.

In de keuken hoorde hij het water nog uit de kraan lopen.

'Misschien helpt dat in plaats daarvan?' vroeg ze, greep zijn pik en streelde hem. "Als je op je gezicht klaarkomt, maak ik je misschien los voordat je zelf gaat plassen."

Patrick wou dat het zo makkelijk was, maar die brug is al overgestoken door zijn lichaam.

Zijn behoefte was om zijn blaas te bevrijden, niet zijn ballen.

'Alsjeblieft meesteres,' smeekte hij.

'Je veilige woord is 'paraplu', bracht hij haar in herinnering. 'Zeg het en ik maak je los. Zeg het en het is allemaal voorbij.'

Patrick kreunde.

Hij zou het niet zeggen.

Kon niet.

Ze zou niet winnen.

"Fuck you," zei hij.

'O, fout antwoord,' zei ze, terwijl ze het ijswater over hem heen goot.

IJsblokjes ketsten van zijn gezicht af terwijl het water tegen hem spatte.

Ze lachte.

"Ik heb veel geduld", zei hij.

Hij zette het glas opzij en begon zich uit te kleden.

Ze zat naakt op hem.

'Van al dat gepraat over plassen kreeg ik er zin in.'

Hij hief het glas, hield het tussen zijn benen en liet zijn blaas los.

Hij zag hoe het glas zich vulde met zijn urine.

Hij hoorde de plons.

Het werd hem te veel.

Hij urineerde en spetterde de warme, vochtige stroom in zijn gezicht.

Warme urine spatte in haar mond en neus.

Toen hij naar lucht hapte, bracht hij het naar zijn mond.

Niet in staat om te stoppen, te vertragen of de stroom onder controle te houden, kwam het in haar ogen en haar, en toen ze probeerde haar hoofd van hem af te draaien, in haar oren.

Het ergste was toen hij zijn neus optilde, hem dwong naar lucht te happen en het uit zijn mond te spugen.

Zijn stroom nam af totdat het laatste zwakke deel van zijn behoefte zijn keel en borst besproeide.

Lachend draaide Katy haar glas om en plaste er ook op.

HOOFDSTUK 7

Zijn behendige vingers maakten de banden om haar knieën los.

Ze liet hem ontspannen, maar hield hem plat op het natte tapijt.

Haar handen leidden hem terwijl hij zijn ogen gesloten hield voor de urine op zijn gezicht.

Ze draaide hem om, ging liggen en voelde hem op haar hoofd knielen.

Hij keek om en zag dat ze op zijn hoofd zat.

"Open je mond," zei ze, haar kutje tegen zijn gezicht drukkend.

'Wauw, nog een beetje,' zei hij en hij spoot nog een laatste stroom urine in zijn mond voordat hij die over zijn gezicht wreef.

Hij lag in een plas urine, at haar kutje, likte en zoog op haar klitje en blote lippen terwijl zijn pik bonsde met een andere behoefte.

Vernederd, beschaamd, nat en vies, verlangde ze nog steeds naar een orgasme dat alleen zij kon toestaan.

Ze kwam lachend en schreeuwend.

'Verdomme, meneer Adams, u bent er goed in!'

Nog steeds verblind door de urine op zijn gezicht hielp ze Patrick overeind.

Ze trok het touwtje om zijn ballen, leidde hem naar de badkamer en hielp hem over de rand van het bad.

Ze draaide het water open en liet hem achter het plastic douchegordijn.

Hij douchte, droogde zich af en trof haar aan in de eetkamer met haar kleren aan.

Toen ze hem riep, maakte ze het touw om zijn ballen los, wat aangeeft dat zijn knoop gemakkelijk los te maken was, zelfs als hij nat was.

'Je hebt het goed gedaan,' zei ze terwijl ze zijn heupen vastpakte. "Dit is je beloning."

Ze streelde zijn geschoren ballen, zoog zijn pik en gaf hem de beste pijpbeurt die hij zich kon herinneren.

Hij waarschuwde hem voordat hij kwam als hij niet van slikken hield.

Sommige vrouwen aarzelden, maar ze stopte niet.

Maar toen hij kwam, stond ze op, bracht zijn gezicht dicht bij haar en kuste hem diep.

Terwijl ze kusten, duwde ze haar orgasme van haar mond naar de zijne.

HOOFDSTUK 8

Nadat ze was vertrokken, kleedde hij zich aan en huurde een tapijtreiniger in.

De eis om zo vaak mogelijk naakt te zijn, was gemakkelijker dan altijd proberen stoer te zijn.

Maar na hun middag samen vond hij beide dingen gemakkelijk.

Het idee van zijn naakte Katy maakte hem opgewonden.

Zijn gevoel van eigenaarschap zou hem al snel in de problemen brengen.

"Wie ben ik?" Katy vroeg hem wanneer hij naar zijn werk kwam.

Het was de tweede keer dat hij de vraag stelde.

'Mijn meesteres,' antwoordde hij opnieuw, hoewel twijfels hem hadden bevangen.

'Neem de baan,' eiste hij.

Hij liet zijn broek zakken, leunde naar voren en liet zijn blote kont aan haar zien.

Ze gebruikte weer een van de spatels uit de winkel.

Nadat ze beide billen roze had laten sterven, vroeg ze hem opnieuw.

"Wie ben ik?"

"Katy Maria"Gonzales? "hij probeerde.

'Shit, je bent een stomme trut,' zei ze terwijl ze hem weer een klap gaf.

Katy had een systeem om hem in elkaar te slaan.

Ze wisselde haar billen en andere plekken af en creëerde een gelijkmatig, stekend gevoel van haar dijen tot haar onderrug.

Zijn eerste reeks stoten was gestoken.

De tweede reeks zette hem in brand.

'Hier is je hint. De eerste keer was je dichterbij. Vertel me nu wie ik ben?'

"Houdt van Katy?" Hij probeerde het opnieuw.

"Verdomme, je was zo dichtbij!" zei ze en sloeg nog een paar keer op zijn billen. "Wie ben ik?"

'Meesteres, alstublieft,' smeekte hij. "Ik weet het niet."

'Nee, weet je,' zei hij, terwijl hij de spatel in de gootsteen gooide. "Je zei het net. Ik ben meesteres. Ik ben NIET jouw meesteres. Ik ben meesteres voor wie ik wil. Meester en enige meesteres, begrijp je me?"

'Ja, meesteres,' zei hij.

Katy sloeg haar in het gezicht. ""

Sta op. Laat me naar je kijken, ben je stoer "

Patrick richtte zich geschrokken op.

Het was moeilijk.

Hij was stoer toen ze aan het werk ging, maar tijdens de brutaliteit van haar afranseling was zijn erectie verdwenen.

Zijn pik wilde hard zijn, maar zijn lichaam vond het moeilijk om de berichten op te lossen vermengd met een zere kont.

Zijn pik stak recht uit haar lichaam in deze halfmast positie tussen een volledige erectie en te zacht om te worden gebruikt.

Ze keek naar zijn staart.

"Wat als ik nu wil neuken? Kun je me daarmee neuken?"

'Ja, meesteres,' verzekerde hij haar, en het idee maakte de verwarring in zijn hoofd weg.

Zijn staart verstijfde.

"Wil je een orgasme?"

'Uw wil, vrouw.' Patrick weigerde in hun vallen te trappen.

'Ja, mijn wil,' beaamde ze, terwijl ze in haar zak naar haar mobiele telefoon reikte.

Hij raakte een paar schermen aan.

"Als ik wil, wil je me dan nu een orgasme geven?"

"Ja meesteres."

'Dus je hebt zestig seconden,' zei hij terwijl hij op zijn telefoon tikte en hem de timer liet zien.

Patrick werkte snel en hard aan zijn pik en worstelde om binnen de vereiste tijd een orgasme te krijgen.

Het is niet gebeurd.

"Oh, het spijt me zo," zei Katy met een glimlach. "Volgende keer beter."

Hij tilde de spatel op en streelde hem nog zes keer voordat hij hem strak liet trekken.

HOOFDSTUK 9

De volgende keer was het een uur later.

"Ben je nog steeds streng voor me?" vroeg ze toen ze klaar was met de zorg voor een oude vrouw en haar man.

'Ja, meesteres,' informeerde hij en stapte om de toonbank heen zodat ze de bobbel in zijn broek kon zien.

'Zestig seconden,' zei ze tegen hem, haalde haar mobiele telefoon uit haar zak en zette de timer aan.

Patrick rende de achterkamer in, deed zijn broek uit en probeerde zich voor haar af te trekken.

Toen hij niet binnen de gestelde tijd klaar kon komen, zwaaide ze met haar vinger in een cirkel en gaf aan dat ze zich moest omdraaien.

Nog zes klappen brachten de hitte, de steek en de steek terug naar zijn belegerde kont.

'Ga nog een keer,' zei ze en ze zette de klok terug.

Hij nam nog zes honkslagen voor het missen.

Patrick was vastbesloten om zijn spel te winnen en deed zijn best om op de rand van een orgasme te blijven.

Hij wreef over de voorkant van zijn broek en bleef hard en behoeftig.

Als er klanten waren, wreef hij tegen de toonbank, in de hoop zijn voordeel te behouden.

Maar hij maakte de fout om te komen toen Katy een van haar toegewezen pauzes nam.

Nadat ze op een paar klanten had gewacht, werd haar geest meegesleept.

Toen Katy de winkel weer binnenkwam, controleerde ze de voorkant van de winkel, pakte haar mobiele telefoon en zei: 'Zestig seconden.'

Toen hij het probeerde, ontdekte hij dat het de moeite niet waard was.

Hij nam zijn pak slaag en leerde zijn lesje: om klaar te zijn, moet je klaar blijven!

* * *

Hij eindigde de dag zonder nog een pak slaag of nog een uitdaging van tweeënzestig seconden.

Hij was nerveus, zijn pik was gezwollen en behoeftig, en het deed meer pijn dan zijn kont na een van zijn pak slaag.

Voordat ze wegging, streelde Katy de bobbel in haar broek.

'Arme baby. Je lijkt op ontploffen.'

Op haar tenen kuste ze zijn lippen en vertrok.

Voordat hij de deur sloot, voegde hij eraan toe:

"Vergeet niet dat er geen orgasmes zijn zonder toestemming."

HOOFDSTUK 10

Katy was de volgende dag vrij.

Patrick werkte in de winkel met een van de andere leden van zijn team en droeg een schort om zijn erectie te verbergen.

Het was niet zijn bedoeling om hard te zijn.

Hij probeerde niet hard te worden.

Maar zijn behoefte was te groot.

Simpele dingen laten je fantasie sneller gaan.

Hij stuurde zijn medewerker eerder naar huis en sloot de winkel in zijn eentje.

Ze had meer controle en werkte wat papierwerk door voordat ze naar huis ging.

* * *

Toen hij thuiskwam, zag hij Katy's voorraden op de eettafel liggen en reageerde geweldig.

Zijn pik verhardde toen hij zich uitkleedde en hij voelde zich alleen.

Verdomme, kroop het zo snel onder haar huid?

* * *

Hij had een onrustige nacht voor de tv en wilde dat ze zou bellen of langskomen.

Ze deed het niet.

Hij was bang dat ze hem zou straffen.

Hij was bang dat ze geen interesse meer had.

Hij overwoog haar te bellen of te sms'en, maar besloot dat niet te doen.

Zijn pik zat naakt op zijn bank en bleef hard.
Ze voelde zich erg eenzaam en ging om elf uur naar bed.

HOOFDSTUK 11

Op vrijdagochtend kwam Katy twee minuten voor de opening op haar werk.

'Hallo, meneer Adams,' straalde ze, even blij als altijd.

"Goedemorgen meesteres," zei ze, blij dat zijn pik hard voor haar was.

Katy schoot langs hem heen, controleerde de kassa en hielp met de rest van de opening.

'Het lijkt een goede dag, denk je dat we het druk hebben?'

'Waarschijnlijk', zei hij.

'Ik denk dat ik bezig ben met de ramen,' zei ze, terwijl ze het krukje, de raamspray en de stapel papieren handdoeken oppakte die ze nodig zou hebben.

Glazenwassen was een vaste taak op vrijdagochtend.

Patrick vond het prettig dat de plaats er voor het weekend erg schoon uitzag.

'Tenzij je iets anders hebt dat ik moet doen?'

'Zoals u wilt, meesteres.'

Ze glimlachte naar hem en ging aan het werk. Hij vroeg zich af wat er aan de hand was.

Had hij zijn spel opgegeven?

* * *

De zonnige lentedag trok klanten.

Al snel waren ze bezig met het bijvullen van de vulstaaf, het bewaken van bevroren yoghurtmachines en het opruimen nadat klanten vertrokken.

Patrick dacht de hele tijd na en wilde Katy vragen of het goed ging tussen hen, maar hij kon de woorden niet vinden.

Hij vroeg voordat hij pauze nam, het duurde maar een half uur en stelde toen voor om er ook een te nemen.

Patrick had geen pauze nodig, maar hij wilde de meesteres niet teleurstellen.

Hij zat een half uur in haar auto, zijn pik gretig naar de aandacht die ze hem niet wilde geven.

HOOFDSTUK 12

Op vrijdag en zaterdag bleef de winkel open tot negen uur.

De tweede ploeg arriveerde om vier uur.

Toen hij zag dat Katy klaar was om te vertrekken, stapte Patrick de achterkamer in en wachtte op een indicatie van wat er aan de hand was.

Ze stopte voor hem, keek in de stevige binnenkant van zijn broek en glimlachte.

Hij wreef over de bult en zei:

"Ik zie je vanavond."

* * *

Rond middernacht dacht Patrick er niet meer aan om haar vandaag te zien.

Hij zette de televisie uit en begon aan zijn nachtelijke routine.

Zijn harde pik deed pijn, bonsde en eiste aandacht, maar hij weigerde te betalen.

Hij was de koffiepot aan het klaarmaken voor de ochtend toen hij een flits van koplampen op zijn oprit zag.

Hij glimlachte en vroeg zich af waar hij moest zijn als ze binnenkwam.

Moet ik de tv weer aanzetten en nonchalant handelen?

Moet het voor de deur?

Hij verliet het café en besloot voor haar deur te knielen.

Een dronken Katy deed de deur wijd open.

Ze kwam binnen met drie mannen van haar leeftijd.

"Shit," zei een blonde man met zijn arm om Katy heen toen hij Patrick op de grond zag knielen.

Hij was de enige nuchtere persoon in de groep.

'Dacht je dat hij loog?' vroeg Katy, terwijl ze Patricks haar streelde.

"Wel verdomme!" zei een gespierde jongeman met donker haar.

"Hé, heeft je slaaf iets te drinken?" vroeg de derde man en was de laatste die binnenkwam. Hij stopte bij de deur. "Vriend, je bent naakt!"

"Oké, dat is officieel raar," zei de blondine, onzeker kijkend.

"Fuck it, Ben. Katy zei dat het raar was," zei de donkerharige jongen.

'Ja, maar verdomme', hield Ben vol, Katy's middel vasthoudend maar Patrick aankijkend.

"Heb je last van naakte jongens?" vroeg Katy hem.

'Het is gewoon raar. Kun je haar zover krijgen dat ze zich aankleedt of zo?'

"Dat zou kunnen, maar ik vind het zo leuk."

"Heb je hem geneukt?" vroeg de gespierde, donkerharige jongen.

"Ik ben met hem aan het neuken," lachte Katy. "Kijk mee."

Nadat ze Patrick tegen de muur had gezet, begon ze wasknijpers op zijn ballen te zetten.

"Oh shit, dat moet pijn doen!" zei de laatste man in Patricks huis, kronkelend en instinctief naar zijn ballen grijpend.

"Wil je proberen?" Ze vroeg hem.

"Onder geen omstandigheid!"

"Kom op Joe. Laat me je ballen vastklemmen," spotte de donkerharige jongen.

"Fuck you, Tom. Doe het zelf."

'Dus moet het doen wat je zegt?' Vroeg Ben, de nuchtere blondine.

Hij keek nog steeds met grote ogen.

'Alles,' zei ze en glimlachte naar hem.

Er lag een zweem van voldoening in zijn ogen waardoor Patrick zich goed voelde.

"Laat hem zich aftrekken en opeten," zei Tom, de gespierde man.

Katy wendde zich tot de donkerharige man en greep hem bij zijn kruis.

'Vertel me niet wat ik moet doen, Tom, of je komt naast hem te staan.'

Tom grimaste.

"WOW schat, relax. Ik probeer gewoon wat plezier te hebben."

'Ik ook,' zei Katy, terwijl ze zijn greep nog even vasthield voordat ze hem losliet.

Tom deed een stap achteruit en keek haar aandachtig aan.

Patrick grijnsde.

'Maar als ze het je zou vragen, zou je het niet doen?' vroeg Ben Patrick, terwijl zijn ogen eindelijk van Patricks kruis afdwaalden.

Het was een gok van zijn kant, maar Patrick gaf geen antwoord.

Katy dacht er even over na, glimlachte en knikte hem discreet toe.

'Het is van mij, Ben, niet van jou,' zei hij tegen de blondine.

Hij verwijderde de clips van Patricks ballen, draaide zich om en keek naar het drietal mannen.

"Ok, wie wil er neuken?"

'Ik moet van een vrouw houden die weet wat ze wil', zei Joe.

'Het lijkt erop dat we een winnaar hebben,' zei Katy, terwijl ze Joe naar Patricks kamer duwde en Patricks harde pik achter zich aan trok.

"Ga je ze allebei neuken?" vroeg Ben.

'Misschien,' zei Katy.

Terwijl ze door de korte gang liepen, hoorde Patrick zijn televisie tot leven komen terwijl Ben en Tom begonnen te lachen.

Katy leunde Patrick tegen de muur aan het voeteneinde van haar bed.

"Moet je kijken?" vroeg Joep.

"Wie kan het wat schelen?" zei Katy en drukte tegen de man aan.

Terwijl ze hem kuste, schoof ze haar hand naar een van haar tieten.

Alle zorgen van Joe over Patrick verdwenen.

Joe en Katy hadden samen seks.

Je hebt het verpest, maar Patrick wist niet hoe hij het moest beschrijven.

Er was geen genegenheid, liefde of passie voor wat ze aan het doen waren.

Katy scheurde Joe's kleren open en trok hem uit en wreef over zijn harde pik terwijl hij zijn kleren uittrok.

"Ik wil dit eten," zei ze terwijl ze haar blote kutje omhelsde.

'Ik wil dit verpesten,' hield Katy vol en duwde de man weer op het bed.

Ze klom bovenop hem, stak zijn harde pik in haar kutje en stuiterde.

'Je bent zo gek als stront,' zei hij, terwijl hij haar parmantige tieten greep.

'Hou je mond en beweeg,' zei hij.

'Ik kan het niet uithouden,' kreunde hij.

Hij keek naar Patrick maar keek snel weg.

Haar neuken duurde een paar minuten.

'Kom bij me binnen,' zei Katy tegen hem. "Ik wil het voelen."

"Oh ja. Shit ja!" Zei Joe met zijn handen op zijn kont.

Patrick zag hoe het plezier van de man hem verteerde.

Ze zag hoe Joe zichzelf losliet en zijn orgasme in haar triggerde.

"Oh verdomd ja!"

Katy rolde van hem af.

Ze ging naast hem liggen en kuste hem.

'Bedankt,' spinde hij.

"Geef me even en we kunnen het nog een keer doen."

'Misschien later,' zei hij, knikkend naar de deur.

"Echt?"

"Ik zei dat ik wilde neuken, dat klopt. We hebben geneukt. Neuk nu met jou," zei hij tegen haar.

Joe keek verward, maar hij stond op, trok zijn ondergoed en spijkerbroek aan en keek haar aan.

'Je bent een freak,' zei hij.

'Je hebt waarschijnlijk gelijk. Doe de deur achter je dicht.'

Toen hij wegging, keek ze Patrick aan.

"Maak me schoon."

Patrick knielde naast haar bed en aarzelde niet om zijn mond tegen haar gebruikte kutje te drukken.

Hij gaf niets om Joe's orgasme.

In plaats daarvan was hij blij dat hij de minnares kon behagen.

Hij likte, likte en zoog op haar geschoren kutje en was verrukt over de manier waarop ze onder hem kronkelde.

Hij gaf haar het orgasme dat ze niet had met Joe.

'Genoeg,' zei ze terwijl ze haar hoofd wegdraaide.

Ze wees naar het voeteneinde van het bed.

Patrick had geen verdere instructies nodig.

Hij stond tegen de muur, zijn harde pik druipend van Precum terwijl ze naakt haar kamer uit stormde.

"Wie is de volgende?" hoorde hij haar vragen.

Er leek ruzie te zijn in de andere kamer voordat Ben Katy volgde.

Hij keek heen en weer tussen Katy en Patrick.

Zelfs toen Katy hem uittrok, bleef Ben naar Patrick staren.

'Je bent niet zwaar,' zei ze terwijl ze erover wreef.

"Wat ga je doen?" vroeg Ben.

Katy concentreerde zich op Bens zachte pik.

Hij gebaarde dat Patrick dichterbij moest komen.

Met een hand op zijn schouder duwde ze hem naar beneden.

"Hij gaat je pik zuigen terwijl we kussen," zei ze. "Als je eenmaal stoer bent, kun je me neuken."

Ze greep Bens gezicht en drukte haar lippen op de zijne.

Hij hield een hand om zijn achterhoofd en duwde Patricks hoofd naar voren.

Patrick opende zijn mond en nam de slappe pik van de jongeman tussen zijn lippen.

Ben was niet stoer, maar ook niet zacht.

Zijn pik was vol, maar niet vol genoeg om hard te zijn.

Terwijl Patrick zoog, voelde hij de lul van de man groeien.

Hij hoorde de twee kreunen in zijn mond toen Bens pik zijn kracht vond.

"Wil je neuken of wil je in haar mond landen?"

'Oké,' zei Ben, terwijl hij haar aankeek met dezelfde blik die hij had gedragen sinds ze was aangekomen. "Als ik klaar ben terwijl hij me pijpt, word ik dan homo?"

'Jij niet, maar het maakt je een klootzak,' zei Katy lachend.

Ze drukte Patricks gezicht tegen Bens kruis en kuste de man opnieuw zodat Patrick hem moest afmaken.

Patrick wist niet wat hij moest verwachten.

Hij dacht er nooit aan om een lul te zuigen.

Hij voelde een warme blos op zijn gezicht toen Katy erop wees dat hij nu een klootzak was, maar het ging snel voorbij.

Hij vond het leuk om aan zijn pik te worden gezogen en probeerde te doen wat hij graag met hem deed.

Ze rolde haar tong over en rond de kop van de staart van de jongeman.

Hij schudde zijn hoofd heen en weer, wetende dat het goed voelde toen het hem werd aangedaan.

Ze voelde de pik van de man, dat was interessant, en ze realiseerde zich dat de man spoedig een orgasme in haar mond zou bereiken.

Omdat ze niet wist hoe ze zich op de ervaring moest voorbereiden, hield ze een gestaag tempo aan en wachtte op hem.

Toen het gebeurde, verraste de kracht van de eerste straal tegen het gehemelte hem, maar stikte hem niet.

Het sperma van de man had een licht zure smaak, maar het was niet onaangenaam.

"Denk je dat we ook kunnen neuken?" vroeg Ben.

'Een orgasme voor elke klant,' zei Katy, terwijl ze zich van Ben losmaakte. 'Ik moet plassen,' zei hij en liep de kamer uit.

"Heb je dat eerder gedaan?" vroeg Ben terwijl hij zijn broek aantrok.

'Nee,' zei Patrick.

"Was het raar?"

'Niet echt. Het was goed.'

Bens ogen keerden terug naar Patricks harde pik.

Hij wierp een blik op de openstaande deur, haalde zijn schouders op en was klaar met aankleden.

'Tot straks, vriend,' zei hij.

* * *

Patrick stond aan het voeteneinde van het bed terwijl Katy en Tom aan het werk gingen.

Tom was dronkener dan Joe.

Toen hij eenmaal naakt was, vond hij het niet erg dat Katy geen voorspel had.

Hij sloeg Katy op de blote kont.

"Ben je hier klaar voor?" Ik vraag.

'Ga je gang,' zei hij en liet zich op het bed vallen.

'Oké,' zei hij, terwijl hij de voorkant van zijn broek losmaakte.

Zonder zijn broek verder te laten zakken dan zijn achterste, viel hij op Katy en begon haar te neuken.

"Doe het verdomde jongen. Kom voor mij."

'O ja, schat. Ik zal het doen,' beloofde hij.

Hij bewoog sneller en schudde Patricks bed, maar het duurde niet langer dan Joe voordat hij zijn rug kromde en kwam.

'Hoe was de baby?'

'Gemiddeld,' zei ze, terwijl ze hem van zich af trok.

"Oh ja? Geef me even en ik laat het je nog een keer zien," zei ze, terwijl ze op het bed zat en aan haar tieten krabde.

Katy trok haar hand weg.

'Je hebt je kans gehad. Rot op.'

'Waarom dan met hem?'

'Misschien,' zei ze. 'Tenzij je het eerst zelf wilt proberen.'

"Fuck you," zei Tom, terwijl hij opstond en zijn broek optrok. 'Zal ik Joe terugsturen?'

'Nee, ik ben klaar. Ga naar huis.'

"Ah, doe niet zo, schat."

"Wees niet zoals wat?"

"Ik ken geen teef?"

Katy sprong van het bed met een golf van wuivende handen en sloeg de veel langere man.

"Hoe noemde je me in godsnaam?"

'Hé, hé, hé! Ik maakte maar een grapje,' zei hij terwijl hij zich terugtrok.

"Uitgaan!" schreeuwde ze en volgde hem door de gang. 'Allemaal. Rot op.'

Patrick hoorde wat verwarde bezwaren.

Hij ging de gang in en ging met zijn armen over elkaar achter de meesteres staan.

'Je hebt de vrouw gehoord. Rot op voordat het mijn beurt is om je te neuken.'

Dat leek de jongere mannen ervan te overtuigen dat het tijd was om te vertrekken.

"Verdomme flikker!" Riep Tom, de laatste die de deur uit was.

HOOFDSTUK 13

'Goed gedaan,' zei Katy, terwijl ze zich omdraaide en naar hem glimlachte.

Ze trok aan zijn hand en leidde hem naar haar bank.

Hij zette de televisie uit, ging rechtop zitten en spreidde zijn benen.

"Wil je dat poesje nog steeds opeten?"

Sommige sperma van Tom was uit haar kutje gesijpeld en liep langs haar dij.

'Ja, meesteres,' zei Patrick, knielend.

Hij hield haar kuit vast en begon haar dij te likken. Zijn tong liep over de lengte van het sperma.

Hij nam de tijd en likte de rest van haar geschoren kutje voordat hij zijn tong tussen haar onderlip begroef.

Katy kronkelde en bleef kreunen van plezier voordat ze hem tegenhield.

'Genoeg,' zei ze en duwde hem weg.

Ze wiegde zijn natte gezicht en dacht lang aan hem.

Ze boog zich naar hem toe, kuste hem en drukte haar tong in zijn mond.

'Dat vind je leuk, hè?'

'Ik vind je leuk, meesteres,' gaf hij toe.

'Ga zitten,' zei hij en streelde de bank naast hem.

Hij boog zich voorover en pakte een pincet van de salontafel.

Ze legde ze op haar tepels voordat ze haar been over hem heen zwaaide en schrijlings op hem staarde.

Ze positioneerde zichzelf net lang genoeg om haar warme, natte kutje rond zijn harde, pijnlijke pik te laten glijden.

Ze ging op hem zitten en bewoog niet.

Zijn pik bonsde wild in haar en dreigde tot een orgasme alleen vanwege het gevoel van haar om hem heen.

Katy streelde zijn gezicht.

"Je zoog op zijn pik." Hij knikte. 'Je weet dat je daar een flikker van wordt, nietwaar?'

'Uw wil, vrouw.'

Ze kuste hem.

"Ik geloof dat ik je geloof."

'De meesteres zou dat moeten doen,' zei hij, er zeker van dat hij een grens overschreed door dat te zeggen, maar ze beloonde hem met nog een kus.

Ze keek hem weer aan en legde haar handen op zijn schouders.

Ze stond een keer langzaam van hem op voordat ze weer ging zitten.

Opnieuw bonsde zijn pik diep van angst.

'Ik wil dit al heel lang', zei hij tegen haar. "Sinds voordat onze wedstrijd begon."

Patrick keek haar aan en wist niet wat hij moest zeggen.

Hij besloot dat het het beste was om te zwijgen en deed het.

Ze stond op en stond van hem op en glimlachte toen zijn pik weer bonsde.

'Hoe vaak denk je dat ik dit kan doen voordat je komt?'

"Niet veel", gaf hij toe.

"Als ik een van deze jongens had gezegd om je in je kont te neuken, zou je dan zijn gestopt?"

'Ja, meesteres. Uw wil. Altijd.'

"Hoe voelt dat?"

Weer stond ze op en viel.

"Geef jezelf zo volledig over. Hoe voelt het?"

"Hemels."

'Wat als ik je nu verlaat?' vroeg ze en trok zich terug.

Ze duwde hem naar achteren en ging dichter bij haar knieën zitten terwijl zijn harde pik in de lucht danste.

'Zou het wreed zijn als ik je zo hard verliet?'

"Jouw wil."

'Moet ik de schop weer gebruiken?'

"Jouw wil."

"En zou je het niet erg vinden? Heb je geen orgasme nodig?"

'Niet zoveel als ik denk dat ik nodig heb,' zei ze, knikkend naar haar tepelklemmen, waarmee ze alles bedoelde.

"Verklaar jezelf."

'Ik voel je overal. Altijd.'

'Zelfs vandaag toen ik je negeerde?'

"Vooral vandaag. Ik was in de war, ik was bang dat je niet van me zou houden, maar dat veranderde niets voor mij."

Lachend liep ze over hem heen.

"Je hebt heel hard gewerkt vandaag."

Zijn staart klopte met hernieuwde kracht.

Hij was blij dat ze het had opgemerkt.

'Door jou, meesteres. Dankzij jou was ik gisteren ook stoer.'

Ze lachte weer.

'Ik weet het. Ik heb het gehoord. Je hebt de reputatie een probleem te hebben.'

'Ja. Jij, meesteres.'

'Dit is voor mij,' zei ze, terwijl ze opstond en bovenop hem viel. 'Niet stoppen. Geef het aan mij. Ik wil dit. Ik wil het gevoel hebben dat je voor mij in me komt.'

Ze neukte hem met lange, langzame stoten; alsof ze genoot van het gevoel van hem.

'Doe het,' spinde ze. "Doe mee."

Als op commando, hoewel waarschijnlijk uit een opgebouwde behoefte, deed Patrick het.

Hij kwam met een kracht en voldoening die zijn tenen krulden.

Hij zag haar naar hem kijken en hem bestuderen terwijl haar orgasme door haar lichaam werkte.

'Shit, dat was heet,' zei ze terwijl hij zich ontspande en even langsliep.

Ze reikte tussen hen in, wreef over zijn klit en bracht zichzelf tot een orgasme dat hij voelde als een reeks ritmische kneuzingen rond zijn nog steeds harde pik.

"Kun je het nog een keer doen?"

'Ik denk het wel,' zei hij, kronkelend onder haar.

Katy's lichaam was zo goed en haar behoefte was zo groot dat ze het gevoel had dat ze het die nacht nog honderd keer kon doen en het nog steeds wil doen.

Ze bewoog op en neer en behaagde hem.

"Je bent klaar?"

Hij voelde zich een achttienjarige en knikte.

"Ik denk dat ik het ben."

'Nee, trut. Niet nadenken. Vertel het me. Ben je klaar? Kun je me nog een keer vullen?'

'Ja,' zei hij, terwijl hij een kalmerende puls uit zijn staart voelde.

'Goed,' zei ze, en ze zwaaide nog een paar keer over hem heen voordat ze stopte.

'Verdomme, dat is goed,' spinde ze met gesloten ogen.

Ze stond stil en ademde langzaam en diep.

'Oké,' zei ze terwijl ze haar ogen opendeed. "Het gaat goed met mij."

Patrick glimlachte, niet zeker wat hij bedoelde, maar vond het grappig.

Het leek alsof hij wilde gaan zitten.

Ze schudde haar hoofd en gooide haar donkere haar over haar schouders voordat ze de wasknijpers uit haar tepels haalde.

Ze wreef over haar borst alsof ze de pijn wegnam.

"Is het goed als ik je Patrick noem?" Zij vroeg.

Het was de eerste keer dat hij haar zijn voornaam hoorde gebruiken.

'Uw wil, vrouw.'

Katy schudde haar hoofd.

'Nee, dat bedoel ik. Ik bedoel, kun jij even Patrick zijn en ben ik gewoon Katy?'

"Ik denk," antwoordde hij verward.

"Nee, ik meen het. Dit is geen bevel, dit is gewoon een vraag. Ik wil gewoon even Katy en Patrick zijn. Kunnen we dat doen?"

'Ja, denk ik,' herhaalde hij. "Een vreemd moment."

'Ik weet het,' zei ze nerveus. "Maar het is belangrijk en ik wil het juiste antwoord." Hij knikte. "Als je mijn slaaf bent, is er dan iets dat je niet voor mij zou doen?"

'Iemand vermoorden,' zei hij schouderophalend. 'Maar dat is toch niet echt een seksspelletje?'

'Juist. Dat bedoel ik. Seksueel. Is er iets wat je niet zou doen als mijn seksslaaf?'

'Ik kan niets bedenken,' zei hij, terwijl zijn pik tegelijk met hem beukte.

"Waarom?"

"Omdat het leuk is?" hij bood aan.

"Is het leuk om in elkaar geslagen te worden?"

'In zekere zin,' zei hij. 'Ik bedoel, het doet pijn, maar je doet het met een reden. Het doet meer pijn als ik je teleurstel.'

'Dus als ik wilde dat je verkracht werd door fietsers, zou je dat dan doen?'

'Als je slaaf, ja.'

"En Patrick?"

"Sorry, dat kan ik niet leuk vinden", lachte hij.

'Maar je zoog op zijn pik.'

'Maar voor de meesteres, hoewel je heet genoeg bent, zou ik het waarschijnlijk ook voor jou doen.'

"Echt?"

"Waarschijnlijk niet", gaf hij toe. "Misschien weet ik het niet".

Ze trok zich tegen hem aan.

"Het is in orde?"

'Het is bloedheet, maar het gaat goed met me.'

'Kun je me kussen? Ik bedoel, net als Patrick. Kun je me kussen?'

Hij boog zich voorover en deed het.

Hij wist niet goed wat hij moest verwachten, dus kuste hij haar zoals elke minnaar.

Terwijl zijn kus bleef, stak hij zijn tong in haar mond en genoot van het moment.

"Als de?"

"Ja dat zou fijn zijn."

Hij had haar kutje voelen samentrekken terwijl ze kusten.

Zonder te worden gevraagd kuste hij haar opnieuw.

Zoals eerder kronkelde ze en trilde haar kutje.

"Ik had ooit een vriend die me vertelde dat alle vrouwen minstens één affaire met een oudere man zouden moeten hebben."

"Is zeldzaam?"

'Nee, het is oké. Hij had gelijk. Oudere mensen zijn beter.'

"Oudere mannen zijn dom voor een mooi gezicht."

'Alleen voor het gezicht?' vroeg ze en ze lachten allebei.

'Nou, gezicht en andere dingen,' zei hij, terwijl hij haar lange, dikke tepels streelde.

Terwijl ze achterover leunde en haar rug kromde, likte, zoog en knabbelde hij aan haar tepels.

'Niet stoppen,' zei ze, terwijl ze opstond om hem te kussen voordat ze achterover leunde om hem haar borst weer aan te bieden.

Patrick stopte niet.

Hij zoog op haar tieten zoals hij zou doen als ze zijn vriendin was.

Hij streelde haar strakke kleine kontje en voelde het stevige vlees van haar kontje.

Terwijl ze kronkelde, bracht hij zijn handen naar haar heupen.

Ze leidden haar op en neer, kusten en neukten haar.

In tegenstelling tot de jonge mannen met wie hij die avond had geneukt, nam Patrick de tijd.

Hij deed het met passie en nam haar mee alsof hij een van de fitnesskonijntjes in de sportschool had als hij de kans had.

Hij was niet verrast toen het kwam en hield niet op.

Hij bracht haar tot een tweede orgasme, deze keer vond hij zijn eigen orgasme met het hare.

'Verdomme, Patrick,' zei ze terwijl ze hem omhelsde. "Jij bent goed."

'Jij ook,' zei hij, terwijl hij haar vasthield tot haar ademhaling weer normaal werd.

"Is het goed als ik ga douchen?"

'Natuurlijk,' zei hij en liet haar los.

'Je zou mijn rug kunnen wassen als je wilt.'

HOOFDSTUK 14

Gewassen en afgedroogd hield ze zijn hand vast terwijl ze terugging naar de woonkamer.

'We zijn nog steeds Patrick en Katy, nietwaar?' Zij vroeg.

Hij knikte. "Nou, is het goed als ik het goed doe?"

Ze duwde hem op de bank en klom weer op zijn benen.

Ze streelde zijn pik en ballen tot het weer hard was.

Glimlachend zette ze hem weer op.

'Ik ben niet dronken,' zei ze en kuste hem.

"Je was eerder."

"Ik was blij", gaf hij toe. 'Maar niet dronken.'

"Interessant."

'Geloof je me als ik zeg dat ik nu niet dronken ben?'

Patrick knikte.

Als dat zo was, was er genoeg tijd verstreken om zich nuchter te voelen.

Nadat ze elkaar weer hadden gekust, trok ze zich terug.

"Heel erg bedankt."

"Waarom?"

"Omdat ik het verschil kon voelen tussen echte Patrick en slaaf Patrick." Ze kuste hem. "Daardoor wil ik dat meer."

"Zou graag willen?" vroeg hij, zich afvragend of zijn spel voorbij was.

'Dat,' zei ze, terwijl ze het pincet oppakte dat nog op de bank lag.

Ze kromp ineen nadat ze de eerste aan haar rechtertepel had bevestigd.

"WOW," zei ze, verbaasd over hoeveel pijn het deed.

Hij bevestigde de tweede aan haar linkertepel.

Ze stapte van hem af, pakte de schop en gaf die aan hem.

'Nu is het jouw beurt. Sla me in elkaar.'

EINDE

NAZI TEEF
VAN
ERIKA SANDERS

Gestapo-hoofdkwartier in Parijs

FEM1 afdeling

woensdag 30 oktober 1940, 08.00 uur

Ik werd abrupt wakker en had overal pijn.

Mijn nekspieren doodden me en ik voelde me duizelig.

Het ochtendlicht stroomde door het raam en verlichtte mijn bureau en gezicht.

Ik sloot mijn ogen en wreef ze stevig dicht.

Ik moet 's nachts in slaap zijn gevallen terwijl ik door een aantal rapporten kijk die de dag ervoor zijn ontvangen.

Een blik in de spiegel toonde het vermoeide gezicht van een schattig negentienjarig meisje met donkerbruine ogen en haar dat eruitzag alsof ze in dagen niet genoeg had geslapen.

Helaas liegt de spiegel nooit.

De afgelopen drie weken had hij vijftien uur per dag gewerkt omdat er een grote spionagering was ontmaskerd.

Mijn vader stond erg hoog in de hiërarchie van de NSDAP in Berlijn en dus werd ik benoemd tot stafchef van de FEM1-afdeling van de Gestapo in Parijs.

Onze afdeling bestond alleen uit vrouwen en was verantwoordelijk voor het interviewen van vrouwelijke gevangenen.

Mijn rang was luitenant en onder mijn directe bevel waren er twee sergeanten, Michelle en Kat, allebei in de twintig.

Michelle was een Franse vrouw met lang donker haar en prachtige doordringende ogen.

Haar glasmaat was 90 ° C, net als die van Kat, en ze was slank en atletisch.

Kat daarentegen was Nederlands met lang blond haar, blauwgroene ogen en perfecte kuiten.

Ze was een paar centimeter langer dan Michelle en woog een paar kilo zwaarder.

Ze hadden allebei grote strakke konten en de langste benen die ik kende in Parijs.

Ik was iets groter Kat en mijn glasmaat was 95 B.

Een blik op mijn bureau onthulde de aanwezigheid van een nieuw document.

Iemand moet het tijdens mijn pauze hebben meegenomen en daar achtergelaten.

Het document betrof de overbrenging naar een Parijse café van een vrouw die tijdens een Gestapo-inval werd opgepakt.

De gevangene in kwestie bleek een 25-jarige Amerikaanse burger te zijn die in New York woonde en zij was ... zwart?

Ik fronste meteen mijn wenkbrauwen en vond dat heel interessant.

In het bij het document gevoegde bestand staat dat hij het onderwerp in vraag moet stellen en alle waardevolle informatie met alle beschikbare middelen moet extraheren.

Ik pakte de telefoon en beval Kat en Michelle om zich om te kleden en me in de kelder te ontmoeten.

Ik kleedde me ook snel om en ging de trap af die naar de kelder leidde.

Michelle en Kat waren er al, gekleed in hun 'verhoor'-kleren.

Iedereen droeg een zwart leren masker met openingen voor ogen, neus en mond.

Hun haar zat in een paardenstaart achter hun hoofd.

Zwartleren korsetten spannen zich om hun slanke lichaam, waardoor hun blote borsten eruitzagen als twee vlezige bergtoppen.

Ze droegen zwarte leren handschoenen op hun ellebogen en om hun rechterarm zat een rood met witte rubberen band met een zwart hakenkruis in het midden.

Kleine zwarte leren koorden, die bijna niet bestonden, bedekten haar kruis en lieten haar ezels volledig vrij.

Beiden droegen zwarte nylon kousen en Wehrmacht-laarzen.

'Breng de gevangene binnen en bind haar handen in die hangende kettingen,' beval ik.

"Ha, mijn meesteres," riepen beiden uit.

Ze brachten haar naar binnen en sloten hun handen vast door ze aan de bungelende kettingen op te tillen.

Ik nam de tijd en bekeek het zorgvuldig van boven tot onder.

Hij leek niet groter dan vijf voet en ongeveer zestig pond.

Haar zwarte amandelvormige ogen weerspiegelden het kunstmatige licht uit de kelder als magische spiegels, en haar neus was een typisch Afro-Amerikaanse vrouw.

Een nogal grote mond met vlezige, sappige, vochtige lippen verraadde haar ongebreidelde verlangen naar oraal genot.

Haar schouderlange zwarte haar was lang en sluik met lange krullen aan het uiteinde.

Ze droeg een lange, strakke gele bloemenjurk die de perfecte afmetingen van haar lichaam benadrukte.

Al met al was ze een klein chocolademeisje en ik was er zeker van dat mijn meisjes zouden genieten van dit exotische gerecht naar hun zin, aangezien ze nog nooit de kans hadden gehad om gekleurde mensen te ontmoeten.

"Ik zou graag willen dat u mij op de hoogte stelt van de reden voor mijn arrestatie. Ik ben een Amerikaans staatsburger en u hebt niet het recht om mij hier vast te houden. De omstandigheden van mijn gevangenschap zijn absoluut schandalig. Ik heb vele uren niet geslapen, gegeten of gedronken U had de Amerikaanse ambassade moeten informeren over mijn arrestatie en ik eis... "ze probeerde te protesteren.

Je bent niet in staat om iets te vragen. Weet je wat je situatie is? Ze beschuldigen je van spionage en dat is de doodstraf. Dus je kunt maar beter beginnen met praten, want ik heb niet veel tijd, "Ik schreeuwde tegen hem.

"Er moet een fout in zijn rapporten staan. Ik weet zeker dat hij me voor iemand anders aanzag. Het is mijn eerste reis naar Europa en ik heb Parijs bezocht vanwege de nachtelijke attracties. Ik zat hier vast toen de oorlog uitbrak en dat kon ik ook." "Ik vind mijn weg niet terug." Zijn politie arresteerde me terwijl ik aan het praten was met een man die mijn terugreis organiseerde. Ik weet niets anders. "

"Wat is je naam?" Ik vroeg haar.

'Mijn naam is Gina, luitenant,' zei hij.

'Vanaf nu noem je me mevrouw Vicky. Is dat begrepen?' zei ik en sloeg haar tegelijkertijd hard.

"Au! ... Ja ... Ja ... Mevrouw ... Vicky ..."

"Luister, vernederde teef. Je zult me alles in detail vertellen. Ik wil mijn kostbare tijd niet aan jou verspillen. Geef me namen, plaatsen, codes en al het andere dat nodig is. Ik beloof je dat ik je geen kwaad zal doen en je laat los wanneer we zijn klaar of je zult ontdekken hoe wreed ik kan zijn." . Ik vertelde het hem terwijl ik aan zijn haar trok.

"Aaaahhh ... ik zweer bij god ... ik weet ... niets ... alsjeblieft ..."

'Wil je hard spelen? We zullen zien hoe het vanaf hier gaat. KAT EN MICHELLE ZULLEN NU VOOR JE KLEDING ZORGEN. Ik heb mijn bevelen geblaft.'

Kat en Michelle wierpen zich met wild glanzende ogen op hun weerloze slachtoffer en begonnen haar jurk aan stukken te scheuren.

Gina draaide wanhopig haar lichaam terwijl veelzijdige vingers genadeloos haar jurk, beha, string, jarretelles gordel en nylon kousen scheurden.

Uiteindelijk droeg ze gewoon een paar witte hakken en verder niets.

Het leek alsof de kleine demonstratie van mijn gezag over Gina niemand onberoerd had gelaten.

Kat's lichtroze gezwollen tepels wedijverden met Michelle's gezwollen bruine tepels in termen van schoonheid, grootte en hardheid.

Michelle's ogen waren gericht op Gina's glinsterende, harige spleet en haar tong likte haar volle lippen, terwijl Kat Michelle's mooie tepels streelde met haar rechterhand, terwijl haar linker tussen haar melkachtige dijen werd begraven.

'Vind je het leuk wat je ziet Michelle?' Ik vroeg hem.

'Ja mevrouw, ze is zo mooi en weerloos,' zei Michelle.

"Word je opgewonden door een vies zwart poesje?" ik schreeuwde

'Ja mevrouw... eh... nee... ik ben niet...' Michelle probeerde zich te verontschuldigen.

"BENT U VERGETEN DAT U TOT HET ARISH RACE BEHOORT? We zijn voorbestemd om de wereld te regeren. Het zit in onze genen om onze overheersing en regels aan anderen op te leggen. We moeten de hele wereld tot slaaf maken en een nieuw tijdperk inluiden. Het tijdperk van de NIEUWE! ORDE! Er zullen geen andere heren zijn dan wij. Zwarten, geel en rood zijn verplicht om te dienen en te werken voor de glorie van het Derde Rijk. "

"Kijk en vertel me wat er gemeen is tussen jou en deze teef. Zij en Kat zijn enkele van de beste voorbeelden die ons ras te tonen heeft. Kat is lang, wit en slim; ze ziet eruit als een noordelijke Valkyrie, voller kracht en glorie, klaar om haar vijanden te doden, en zij is het!

"Je lijkt op je grote Gaelic voorouders die nooit ophielden om dapper te vechten tegen al hun vele vijanden, door dik en dun. Je bent onuitwisbaar gevormd door deze geweldige mannen en vrouwen. Kun je het niet zien? Kun je het niet voelen? Heb je niet gelezen hoe ze vochten en hun cultuur, hun families en hun land verdedigden? "

'Weet je zeker dat je jezelf wilt vergelijken met deze mensen die al hun tijd doorbrengen met naakt rondlopen en paren in de modder? Wat weet jij over cultuur en beschaving? Helemaal niets. Zelfs mijn Dobermann pinscher kan ze allemaal met het grootste gemak raken. "

"Jullie natie heeft zoveel geweldige mannen en vrouwen voortgebracht die zoveel hebben bijgedragen aan de wereld dat het geen zin heeft om te verwijzen naar hun prestaties. U onteerd uw erfenis. Je maakt me af! ""

"Het spijt me, juffrouw Vicky, ik meende niet wat ik eerder zei. Ik smeek u nederig om mij te vergeven. Alstublieft, mevrouw, alstublieft. Stuur me niet naar het vuurpeloton. Ik... zal alles doen om je een plezier te doen. Ik doe altijd... Alsjeblieft...' smeekte Michelle.

"Je bent heel gelukkig, Michelle, want ik heb veel liefde voor je in mijn hart. Ik zal je niet rapporteren aan mijn superieuren, maar ik zal je de wens vervullen waarnaar je op zoek was. Ik zal je de kans geven om zie die ellendige gebruikte anus en om het poesje te bedienen DE KONT, BITCH!!! "Ik schreeuwde tegen haar en knoopte mijn knielange zwarte leren jas van mijn officier los.

Michelle knielde en kroop op Gina's rug.

Ik deed mijn jas uit en stond met mijn benen uit elkaar en handen om mijn middel.

Ze droeg een zwart leren korset dat de borst niet bedekte, bretels en een paar bijpassende handschoenen.

Vier rijen metalen kettingen, waarvan de randen aan elke riem waren vastgemaakt, bedekten mijn blote borsten, en een leren riem zonder gaten omklemde mijn strakke heupen.

Ze droeg ook dij-hoge leren laarzen met stiletto's.

Michelle begon Gina's perfecte zwarte kont ongeduldig te strelen en te kussen.

Zijn handen openden en sloten haar billen met ongebreideld plezier.

Hij kneedde, masseerde, kuste en likte deze zwarte ballen in die volgorde zonder op iets anders te letten.

Zijn tong werd gek in de spleet van Gina's kont en plaagde het zwarte gat meedogenloos met zijn punt.

Hij stak zelfs zijn neus in en ademde de muskusachtige geur van haar anus in.

'Kat, ik wil dat je Michelle in elkaar slaat zonder spijt. Leer haar een lesje. Geef haar discipline zoals ik zou doen,' zei ik vol afschuw.

"Mmmmm... ik zal zeker de meesteres zijn... graag gedaan," antwoordde Kat blij.

"Maak die zwerver rood! Straf en ploeg zijn stoutmoedige zwerver met het vernietigingsinstrument! Ik wil zijn fluweelwitte huid tranen van bloed zien vergieten!" Ik spoorde ze aan.

"Ha. Meesteres."

Gehoorzaam tilde Michelle haar achterste op en wachtte op het onvermijdelijke, hoewel ze haar behendige rode tong in Gina's anale kanaal bleef duwen.

Ze moet geweldig werk hebben geleverd, want Gina hijgde en wiegde haar bekken ongecontroleerd.

Kat ging achter Michelle zitten en gaf Michelle de eerste klap op de weelderige billen.

Haar zijkanten draaiden en ze kreunde een beetje in Gina's kont.

Kat sloeg opnieuw en Michelle beet hard op Gina's kontvlees, die op haar beurt kreunde en haar rug kromde.

Ik liep naar Gina en begon haar gezwollen bruine tepels tussen mijn duim en wijsvinger te rollen.

Ze schreeuwde het uit van de pijn en ik sloeg haar vele malen.

Toen pakte ik haar borsten en kneedde ze hard.

Ik nam de tijd om haar borsten te misbruiken terwijl ik in haar ogen keek.

Ondertussen sloeg Kat Michelle met veel ervaring op de kont en er waren veel rode striemen op haar gehavende huid verschenen.

Michelle stopte nooit met het neuken van Gina's kont, ondanks het feit dat haar kont veel te lijden had van Kat's regen van slagen.

'Heb je me iets te zeggen?' vroeg ik Gina ironisch.

"Mmmmmm ... ouch! ... Oohhh ... ik zei het toch ... ik weet het niet ... alsjeblieft ..." kreunde hij.

'Dus jij denkt na over je verhaal. Oké, dan ga ik verder.'

"Kat! Stop met over je poesje te wrijven en concentreer je op je plicht. Trek de grote fallus aan en neuk Michelle's kont. NU!"

Terwijl Kat haar acht centimeter lange, drie centimeter brede fallische riem om haar middel gespte, pakte ik een vijfstaartige leren zweep van de nabijgelegen tafel.

Toen begon ik Gina's kleine tieten te zweepslagen, waarbij ik ervoor zorgde dat ik haar harde tepels raakte met elke klap.

Hij beledigde haar ook met namen als goedkope hoer, gebruikt poesje, zwarte vuile teef, vuile anus en anderen.

Kat stond achter Michelle en ging bovenop haar zitten.

Hij boog zijn knieën, legde Michelles leren touw opzij en leidde het hoofd van de fallus naar de ingang van haar anus.

Op dat moment zat Michelle op haar knieën Gina's enkel te zoenen en te likken.

Kat kneep hard en plantte haar "vrouwelijke penis" in Michelle's strakke, ontvankelijke anale opening.

Michelle schudde haar hoofd, gooide haar haar in de lucht en kreunde van de pijn terwijl Kat haar zijden in haar handen greep en ze als anker gebruikte om zichzelf te stabiliseren.

Daarna neukte Kat Michelle hard in de kont door snel en gelijkmatig te lopen.

Terwijl ik Gina's parmantige tieten sloeg, merkte ik dat haar harige heuvel en spleet doorweekt waren.

Haar rode clit stak uit haar zwarte kap, overweldigd door de voortdurende actie.

De chocoladehoer moet genoten hebben van wat er gebeurde.

Ik wendde onmiddellijk mijn aandacht weer af en begon haar buik en dijen te kloppen.

De leren riemen van mijn zweep nestelden zich wild als kronkelige tongen tegen elke ronding van zijn lichaam en lieten overal hun onbetwistbare sporen na.

Zelfs haar gezwollen clitoris wilde haar passie delen terwijl ze worstelde om de straf te krijgen die ze zo hard nodig had.

Een paar gerichte tikken op zijn delicate knop bevredigden volledig dit boze streven naar verlichting, ook al moest hij de ondraaglijke pijn betalen.

"Water... alsjeblieft... geef me wat water... ik heb zo'n dorst... meesteres", smeekte Gina.

'Alleen als je me geeft wat ik vraag, zal ik je wensen inwilligen. Ben je klaar om te praten?' Zei.

'Alsjeblieft... ik ben geen spion... alleen... een toerist... ik... heb... water nodig.'

Ik werd bleek en stond roerloos en sprakeloos.

Ik stelde me voor dat ik voor het vuurpeloton stond ... toen een harde slag ... omhelsde me en beet in de donkere aarde ... mijn vader gaf me de laatste slag (laatste slag) met zijn pistool ...

Dat had geen waarde.

Het schroot bleek een zeer moeilijk te kraken noot te zijn.

Mijn leven zou geen cent waard zijn als ik mijn plicht niet zou doen.

Ik keek naar de vloer en zag Kat en Michelle hartstochtelijk vrijen.

Michelle lag op de grond met haar benen wijd uit elkaar en Kat lag bovenop haar en beukte op haar kokende kutje als een bloederige ziel.

Ze drukten hun opgewonden tepels tegen elkaar en hun rode tongen waren bezig met een woedende wals.

Kat en Michelle gaven niets om mijn toekomst.

Het bloed in mijn aderen begon te koken en mijn gezichtsvermogen werd donkerder en donkerder.

Hij kon niet beslissen wat hij eerst moest doen.

Moet ik Gina langzaam wurgen met mijn blote handen?

Of begin je non-stop tegen de billen van Kat en Michelle te schoppen?

"Kat en Michelle stop met wat je doet en kom hier! NU! Maak Gina's kettingen los en maak je klaar!" Ik heb het besteld.

Ze deden wat hen was opgedragen en Gina viel op haar knieën met haar handen omhoog.

'Michelle, onze gevangene heeft dorst. Geef haar je nectar.'

"Hij is er zeker dol op."

Michelle bracht haar bekken dichter bij Gina's mond en trok haar leren ondergoed opzij. Ze scheidde haar rozenblaadjes en liet haar stomende, zoute urine los.

Gina opende haar brede mond en stak haar tong uit terwijl Michelle haar urinestraal rechtstreeks in haar dorstige keel leidde.

Ze slikte gretig Michelle's gele rivier in terwijl haar tong elke druppel ving die zijn doel in de lucht miste.

Kat ging naar haar toe en begon ook op Gina te plassen.

Ze baadden hun neus, ogen, mond en tieten met hun gouden vloeistoffen.

Gina werd gek toen ze Kat en Michelle's urinestraaltjes tegelijkertijd probeerde door te slikken, omdat ze geen enkele druppel wilde missen.

Nadat ze klaar was met plassen, lijmde Michelle haar natte kutje aan Gina's lippen.

Gina begon onmiddellijk aan haar fluwelen bladeren te likken en te knabbelen, diep zuigend en vloeistoffen van liefde en urine door te slikken.

Ik stuurde Michelle om een zwarte dildo van twintig centimeter om te doen en Kat nam ter plekke haar plaats in.

Gina opende haar mond zo ver als ze kon om Kats grote fallus in zich op te nemen.

Kat leidde zijn "vrouwelijke penis" door haar keel en begon haar heupen heen en weer te wiegen.

Gina voelde zich een paar keer misselijk, maar bleef het doorslikken.

Hij raakte snel gewend aan de ongelooflijke afmetingen en begon om de beurt zijn hoofd te schudden toen hij Kat's stoten in het midden ontmoette.

Ik gaf Kat opdracht om op de grond te gaan liggen en haar bekken tussen Gina's dijen te leggen.

Dat deed ze en zette haar "fallus" rechtop.

Gina sprong letterlijk op hem en haar verwarmde zwarte kutje verslond hem onmiddellijk.

Ze wiegde haar lichaam te snel met Kats harde gereedschap en haar borsten zwaaiden op en neer op het ritme van zijn bewegingen.

Michelle pakte Gina's haar vast en liet haar voorover buigen.

Gina was volledig op Kat en haar borsten kwamen in contact.

Michelle knielde achter haar neer en spreidde Gina's billen.

Ze genoot even van het zien van Gina's kont en legde toen de kop van haar zwarte dildo daar.

Michelle duwde hard en sleepte haar hoofd over Gina's onwillige sluitspier.

Gina gilde op haar beurt toen ze voelde dat haar kont gewelddadig werd gepenetreerd.

Het leek alsof Gina's schreeuw het signaal was voor Kat en Michelle om gek te worden.

Michelle begon Gina's kont te beuken als een hete teef en Kat stootte haar bekken tegen Gina's uitgestrekte kutje terwijl zijn handen in haar tepels knepen.

Met twee gereedschappen die hun gaten bewerkten als goed gesmeerde zuigers, had Gina geen andere keuze dan te bezwijken.

"Oh God! Ik ben een hoer! ALSJEBLIEFT ... NEUK ME ... BEIDE ... JIJ TEGELIJKERTIJD! IK WIL ... EEN NAZI BITCH BE ... IK ... WILT ... Ik zal je vertellen ... ALLES ... ALLEEN ... NEUK ME ... NEUK ME ... ALSJEBLIEFT !!! OHHH ... IK' ik kom !!!!!!!!!!! "

"Ik weet dat je dat zal doen," zei ik met een grote glimlach op mijn gezicht.

EINDE

81

DIEPE KEEL (BDSM)
VAN
ERIKA SANDERS

VOORWOORD

Een paar jaar geleden

83

Het begon allemaal toen de directeur van een groot nieuwsbedrijf tijdens een feestelijk evenement een heel eenvoudig aanbod deed:

'Kom naar mijn kantoor,' zei hij. "Ik wil graag enkele zakelijke kansen met u bespreken."

Barbara voelde dat ze boven de wolken zweefde.

Na de nacht te hebben doorgebracht op het uitbundige gala met beroemdheden en politici, was dit zeker zijn kans om een fulltime baan te krijgen in de wereld van het kabelnieuws.

'Dat zou geweldig zijn,' antwoordde ze verbaasd.

"Kom op. Je hebt waarschijnlijk gehoord dat we erover nadenken om een nieuwe liveshow te maken en dat we op zoek zijn naar nieuwe gezichten."

Vorig jaar had hij voor dit bedrijf juridische analyses gegeven over enkele van de best beoordeelde programma's.

Op Twitter leek hij dol te zijn op zijn analyse.

En in dit gezelschap moesten vrouwen mooi zijn en goed praten om succesvol te zijn.

Barbara's blonde haar, haar scherpe humor en haar brutale neus gaven haar de ingrediënten van een televisiester.

"Dat zou ik leuk vinden", zei hij met zijn glimlach op het eerste gezicht, terwijl hij zijn professionele maar vriendelijke houding behield.

Het executive charmeoffensief was op zijn hoogtepunt en ze verlieten het feest om de zaken privé te bespreken.

Het kantoor was niet ver weg.

Ze staken de straat over, zij in haar glamoureuze jurk en hij in zijn elegante smoking.

Het gesprek was ongedwongen en flirterig, alsof ze meer op een eerste date waren dan op een interview.

Tegen de tijd dat ze bij de uitvoerende macht kwamen, had Barbara het gevoel dat ze in een wereld was gestapt waar regelmatig miljoenen dollars werden onderhandeld, waar carrières werden gemaakt of geruïneerd.

Ze zette haar perfecte pokerface op en was vastbesloten haar zenuwen te maskeren.

Het hoofdkantoor was ongebruikelijk.

Het is ontworpen en ingericht om op een gezellig huis te lijken.

Er waren leren banken en houten kasten.

Er waren boeken op de planken en foto's aan de muur.

De muren waren donker van kleur en het was gemakkelijk om je ontspannen te voelen.

Na een paar glazen whisky te hebben ingeschonken, stond de baas schouder aan schouder met Barbara voor een groot raam met uitzicht op de stad.

Daar bespraken ze hun ambities, hoop en dromen.

Toen hij deze vragen eerlijk beantwoordde, was ze bemoedigd dat hij leek te beseffen dat ze meer was dan alleen een mooi gezicht.

'Laten we aan de slag gaan,' zei hij, dicht bij haar oor leunend. "Je bent een heel slimme vrouw en ik weet zeker dat je al hebt ontdekt hoe dit bedrijf werkt."

Ze trok een wenkbrauw op.

'O? En hoe werkt het?'

'Nou, weet je, mooie vrouwen zoals jij halen de moderatorsstoel bij mijn bedrijf niet tenzij ze meewerken.'

"Ik ben altijd een teamspeler geweest", antwoordde Barbara.

Hij toonde een charmante glimlach.

"Je weet wat ik bedoel, toch?"

"O ja?" Ze lachte. 'Voor jou en voor wie nog meer?'

Barbara wist precies waar de baas het over had toen ze de geruchten hoorde.

Ze had aangenomen dat het grotendeels geruchten waren, althans dat leek haar, dus ze dacht dat de baas die geruchten zou gebruiken om haar te ergeren.

Ze probeerde te lachen, in de hoop dat het een misverstand was. Toch was hij serieus.

"Iedereen in de politiek en de media heeft een vriend. Zo werkt het. En als dat zou gebeuren, zou je perfect bij je passen. Je hebt alle kwaliteiten die ik zoek in een vrouw."

Ze slikte.

"En wat moet ik doen?"

"Als je met de grote jongens wilt spelen, moet je je aan onze regels houden. Het kan zijn dat je af en toe moet pijpen."

Aangezien ze een vrouw was die van pikken zuigen hield, was het een interessant voorstel.

Maar hij had nog nooit zaken met plezier gemengd.

Met zijn laatste onderwerping aan de horizon had hij zich nog nooit zo in de war gevoeld.

'Je maakt vast een grapje,' zei hij voorzichtig.

"Voelt u zich daar ongemakkelijk bij?"

"Je bent echt een charmante man, maar ik heb altijd vertrouwd op de kracht van verdienste in mijn werk. Ik heb mijn hele leven heel hard gewerkt."

'Je kunt niet zo naïef zijn,' vroeg ze. 'Ik weet zeker dat de meeste van je bazen je probeerden te neuken. En waarschijnlijk ook een paar van je bazen.'

"Ik weet het. Je hebt gelijk. Is dat wat je nu probeert te doen? Probeer je me te neuken?"

Hij knikte kort.

"Om eerlijk te zijn, ben ik graag dominant. Maar ik ben ook enorm vrijgevig naar mijn collega's. Ik kan je de ster maken die je altijd al wilde zijn, omdat je dat potentieel hebt. Heb je ooit deelgenomen aan BDSM-activiteiten?"

'Nooit,' antwoordde ze buiten adem.

"Bang?"

"Dat is me nog nooit eerder gevraagd. Ik zou er wel voor openstaan, maar dan met de juiste persoon."

'Voor zover ik weet, ben je altijd een heterovrouw geweest,' zei ze. "Dat is prima. Maar er is niets mis met de omelet. En ik vind het heerlijk om vrouwen te introduceren en te oefenen in mijn leuke stijl."

Barbara's hartslag ging omhoog bij de gedachte "getraind" te worden.

Het was een verleidelijk aanbod, vooral omdat hij ervaren leek.

Ze haalde diep adem.

'Je laat me nu blozen.'

Ze stonden tegenover elkaar.

De baas keek haar diep in de ogen alsof ze zijn volgende stap aan het plannen was.

De baas liep bij haar weg en opende een bureaula.

Binnen waren allerlei soorten speelgoed; Peddels, slagen, vibrators.

De stemming in de kamer veranderde toen hij een riem om een leren halsband nam.

"Ben je een goede klootzak?" vroeg hij onbewogen terwijl hij het speelgoed vasthield.

Ze slikte.

'Ja, dat ben ik. Ik ben er dol op.'

"Heb je een kokhalsreflex?"

"Normaal", gaf hij toe.

'Nou, ik moet je mondelinge vaardigheden op de proef stellen. Dat is een zeer belangrijke eigenschap voor elke nieuwslezer, vind je niet?'

Barbara zat het volgende kwartier op haar knieën toen ze hem stofzuigde nadat hij de halsband om haar nek had gedaan.

Hij had zich nog nooit zo hulpeloos gevoeld als nu toen hij de riem voelde waaraan zijn baas zich vasthield.

Toen zijn dikke pik in haar mond kwam, kon hij alleen de singel innemen als hij eraan begon te zuigen.

Als teken van beheersing trok hij af en toe strak aan de lijn.

Als het doel was om haar kokhalsreflex te testen, was ze vastbesloten om voor die test te slagen.

Tegen de tijd dat de seksuele daad voorbij was, was Barbara's vroegere glamoureuze uiterlijk volledig verdwenen.

Haar mascara liep over haar wangen met tranen van misselijkheid.

Haar lippenstift was uitgesmeerd en er waren druppels witte melk op haar kin die rond haar mond sijpelden.

Barbara liet haar hoofd zakken zodat hij de riem kon verwijderen.

Het was bedwelmend en vernederend tegelijk.

Ze voelde zich verward en wist niet hoe ze moest reageren na zo'n moment.

Dit was zeker nieuw terrein.

De vinger van de baas tilde haar kin op en ze ontmoetten elkaar in de ogen.

Ze bleef op haar knieën zitten, de natte pik van de baas bungelde nog steeds voor haar gezicht.

'Vertel het aan niemand,' zei hij met een sluwe glimlach. 'Maar alles is op video vastgelegd. Ik heb graag alle macht. Ik heb je aandacht getrokken, nietwaar? Laten we het nu over zaken hebben.'

Barbara hapte naar adem voordat ze een nepglimlach op haar gezicht toverde.

HOOFDSTUK 1

Na drie weken van zorgvuldig onderzoek en toezicht was Julieta op weg.

Weg was haar eigen korte, warrige bruine haar.

Nu was ze blond.

Haar voorheen eenvoudige garderobe was vervangen door een sexy jurk die de vorm van haar lichaam benadrukte.

Niet veel bekende mensen uit haar privéleven zouden haar hebben herkend.

Ze zou kunnen zijn wat een klant van haar nodig had.

Niemand leek op de hare en durfde haar ware motieven niet in twijfel te trekken toen ze onder een valse naam incheckte bij de beveiligingsbalie in de lobby.

En alle resterende zorgen die ze had over het half zwaaien op haar nieuwe hakken was verdwenen.

Ze had deze hoge hakken al onder de knie en zag een paar dwalende ogen op haar benen.

Haar hakken klikten hard op de tegelvloer terwijl ze naar de lift liep.

Oh ja, ze was gearriveerd.

***

Nadat hij de juiste verdieping had bereikt, liep hij door de gang naar een plek waarvan hij nooit had gedacht dat hij die zou bezoeken.

Julieta passeerde drukke stagiaires, overreden werknemers en slimme, sexy vrouwen die zich voorbereidden op hun televisieoptredens en gingen in elkaar over.

Om de hoek was de kleedkamer.

Binnen zag ze haar oudere zus apart van de anderen voor een spiegel zitten terwijl een team van stylisten hun magie afmaakte.

Zoals altijd als ze haar na een tijdje weer zag, was Julieta verbaasd over de schoonheid van haar oudere zus.

Het was jaren geleden dat ze elkaar voor het laatst persoonlijk spraken.

Ze waren altijd uit elkaar geweest toen hun familiedrama een leegte tussen hen hield.

Maar uiteindelijk is familie familie en voelde ze zich gedwongen om alles voor haar oudere zus te doen.

Ze klopte op de deurpost om zijn aandacht te trekken, en de stylisten keken haar met milde nieuwsgierigheid aan.

Even later was haar oudere zus gewend aan Julia's nieuwe uiterlijk.

Barbara wees naar de make-up- en garderobe-assistenten.

'We zijn klaar. Geef ons wat privacy.'

De medewerkers vluchtten voor hun veeleisende baas en lieten de zussen met rust.

'Verrast me te zien?' vroeg Julieta, ging naar de kleedkamer en sloot de deur.

"Eigenlijk ben ik dat. Ik ben verbaasd dat je er niet meer uitziet als een tomboy. Je lijkt nu veel op mij, in die jurk en make-up. En die hakken. Mijn God, ik heb je nog nooit zo gezien.

"Het is bijna poëtisch dat we in elkaar zakken in een kleedkamer, vind je niet?"

'Het spijt me van alles,' antwoordde Barbara. "Ik wou dat het anders was geweest tussen ons. Misschien kunnen we na dit alles..."

Julia kwam tussenbeide.

"We kunnen onze verschillen de volgende keer bijleggen. Ik ben hier om een klus te klaren en ik moet mijn hoofd erbij houden. Ik heb nog nooit zoiets gedaan. Nooit. En dat is gewoon omdat we een familie zijn."

'Dank je. Je zult goed worden beloond voor je werk.'

"Op basis van wat ik over je heb gelezen in de roddelbladen, verwacht ik een serieus tarief. Het klinkt alsof je verschillende indrukwekkende aanbiedingen hebt ontvangen van andere kabelnetwerken."

'Als je me kunt helpen, hoef je alleen maar je tarief te zeggen.'

Julia knikte.

"Een vriend heeft de beveiligingscodes en de plattegrond weten te bemachtigen. Dat is zeker te doen."

"Welke vrienden heb je?"

'Je hebt een team nodig om dit soort werk te doen,' antwoordde Julieta. 'Is er nog iets dat ik moet weten? Heeft hij je ooit openlijk bedreigd? Als ik dat doe, zal hij dan vermoeden dat je erbij betrokken was?'

Barbara schudde haar hoofd.

"Geen sprake van. Hij heeft me nooit bedreigd of zo. Het zijn nu alleen maar hints en toespelingen. Hij weet dat ik cv's indien en dat ik hier weg wil. Dan maakt hij denigrerende opmerkingen over onze kleine videocollectie en... nou... je snapt het idee."

"Dit is afpersing".

"Noem het hoe je wil".

"Gebeurt dat ook bij andere vrouwen in dit bedrijf?" vroeg Julia.

Barbara lachte bijna.

"Hij vertelde me ooit dat aantrekkelijke vrouwen zoals ik niet de lucht in gaan zonder terug te geven. En ik weet dat veel vrouwen zijn wat hij zijn 'fucking toys' noemt. Als de chantage eenmaal naar buiten komt, doet niemand nog een stap Ze zijn bang als ze ontdekken dat hun meest intieme momenten zijn vastgelegd zonder hun medeweten.

Met haar scherpe blik zag Julieta een vage reeks lijnen aan de zijkanten van de nek en schouders van haar zus.

Hij kamde Barbara's mooie blonde haar achterover en legde de sporen bloot.

'Dat was vriendschappelijk, hoop ik,' zei Julieta voordat ze zachtjes de lijnen aanraakte.

Barbara hief haar wimpers op.

"Het is altijd in overleg."

Na haar hele volwassen leven menselijk gedrag te hebben bestudeerd, las Juliet de lichaamstaal en toon van haar zus in.

Ze aarzelde om het te vragen, maar wilde het echt weten.

"Houd je van seks met hem?"

'Ja,' zei Barbara zonder aarzelen. 'Je bent altijd een nieuwsgierig zusje geweest. Ik weet zeker dat je het snel zult begrijpen. Ik wou dat je het niet deed, maar ik weet dat je het wel zult doen.'

'Ik moet een paar video's bekijken. Ik ga niet zijn hele harde schijf wissen. Alleen de dingen die ik moet weggooien.'

'Eerlijk genoeg. Ik zal proberen me hier niet voor te schamen.'

'Ik heb geheimen om te leven,' antwoordde Julieta.

'Bedankt. Hoe ga je dat doen?'

Julieta stak haar hand in haar zak en haalde er een normaal uitziende smartphone uit.

Hij hield het Barbara voor om het te onderzoeken.

Na het aanzetten van het scherm verscheen er een versleutelde code, die duidelijk maakte dat het geen normale telefoon was.

'Het is het soort dingen dat spionnen gebruiken,' zei Juliet fluisterend. "Ik sluit hem aan op je harde schijf en ontlast alles. Als het wordt gebruikt voor iets krachtigers dan het opnemen van vrouwen die seks hebben, zal je computer crashen. Zoals ik al zei, ik doe dit alleen maar omdat jij dat bent."

Barbara toonde haar bekroonde glimlach.

"Ik wist niet dat ik een sexy nerdtechniek op mijn zus had. Heel erg bedankt. Je bent een redder in nood."

'Bedank me nog niet, Barb. Het is een riskante klus. En onthoud, deze technologie heeft me een fortuin gekost, dus ik hoop dat je me goed betaalt.'

"Als ik in juli dit contract met een ander kabelbedrijf heb, kun je het je veroorloven om een heel jaar op vakantie te gaan. Geloof me."

Toen Juliet besefte dat ze haar werk moest doen, keek ze naar de tijd.

Ja, het was tijd om in actie te komen.

'Ik moet gaan,' zei Julieta. "De window of opportunity gaat bijna open."

Ondanks hun lange periode van vervreemding bleven hun broederlijke banden bestaan.

En toen ze zenuwachtig afscheid namen, waren ze vastbesloten om te zegevieren.

HOOFDSTUK 2

Stevens' kantoor was in het topmanagement.

Zoals verwacht waren er verschillende andere vrouwen in de lobby aan het kletsen, allemaal professioneel gekleed.

Hoewel ze eruitzagen als zakenvrouwen, waren ze eigenlijk voor andere doeleinden ingehuurd.

Julieta zat in de hal en vermengde zich met alle andere vrouwen.

Ze was nerveus en opgewonden om haar heen.

Toen de tijd daar was, kwamen twee lange mannen in zwarte pakken en vertelden iedereen dat het proces goed zou worden uitgevoerd.

De vrouwen gingen in de rij staan en een van de bewakers hield een klembord omhoog om hun namen te controleren.

Julieta was aan het einde van de lijn en wist dat dit een hele uitdaging zou worden.

Maar ze was klaar.

Ze was een vindingrijke vrouw, ze had altijd alternatieven.

Toen het haar beurt was, aarzelde ze om de twee lijvige mannen onder ogen te zien aan wie elk van de mooie vrouwen onverschillig leek.

"Achternaam?" vroeg de uitdrukkingsloze man met de ogen op de lijst.

"Karen".

De man keek naar de lijst en toen naar haar.

'Je naam staat er niet bij. Heb je een ander alias?'

'Hmm... ik wist dat dit ging gebeuren. Mevrouw Andrea voegde me op het laatste moment toe. Kun je geen uitzondering maken? Je kunt haar bellen als je wilt.'

'Dat kan ik niet,' zei de man op ernstige toon. "Je staat op de lijst of niet."

Juliet veinsde teleurstelling en sprak met een vrouwenstem:

'Hoe zit het met deze ID? Het lijkt overal te werken.'

Hij tilde discreet de voorkant van haar rok op en haakte haar slipje aan met zijn duim.

Ze trok zich terug en onthulde een vers geschoren kutje.

Dit was zijn back-upplan dat hij alleen voor zeldzame momenten wilde vermijden, maar hij wist dat het werkte toen de man met de man met het stenen gezicht plotseling zijn humeur brak en gaapte.

'Dat lijkt me een uitstekende identificatie,' zei hij met een knikje. 'Ga je gang, juffrouw Karen.'

'Wat ridderlijk van hem,' flirtte ze toen ze binnenkwam.

* * *

De aflevering van haar poesje blootstelling maakte Juliet ongemakkelijk, maar ze was klaar om de regels te buigen op zoek naar gerechtigheid.

Dat maakte haar zo'n succesvolle privédetective.

De groep vrouwen werd begeleid naar verschillende kamers waar meerdere mannen stonden te wachten.

Vandaag was een soort "auditie", voordelen waarvan het topmanagement mocht genieten.

Hij observeerde de situatie in het geheim en wachtte tot de laatste vrouw een kamer binnenglipte voordat hij onopgemerkt weggleed.

Het was een indrukwekkende beweging op haar hoge hakken.

Uit het werk van haar onderzoek wist ze dat de secretaresse van Stevens op dit uur niet aanwezig zou zijn, zodat ze geen getuige zou zijn van de losbandigheid.

Dus Julia ging naar het hoofdkantoor en voerde het geheime wachtwoord in.

Dit wachtwoord werd gebruikt om de deur te openen zodat hij discreet binnenkwam zonder geluid te maken.

Dit was het domein van Stevens, de plaats waar het hoofd van het bedrijf zijn zaken deed en seks had.

Het belangrijkste was dat hier de harde schijf zich bevond.

Ze zweeg even en genoot van het gevoel alleen te zijn in het kantoor van de baas.

Hij was succesvol in zulke hoge druk banen en vond het risico bedwelmend.

Hij was verrast dat het kantoor eruitzag als een luxe appartement.

Het was erg gastvrij.

De tijd was cruciaal en ze ging meteen naar de computer.

Nadat hij het scherm had aangezet, zag hij dat het met een wachtwoord was beveiligd, zoals hij had verwacht.

Ze stak haar hand in haar zak en stopte de aangepaste smartphone in de USB-poort van de computer.

Succes.

Bescherming tijdens het liggen.

Terwijl Juliet door de dossiers bladerde, ontdekte ze dat ze nu toegang had tot alle privégegevens van Stevens.

Ze wist meteen dat deze computer verbonden was met een heel netwerk van verborgen camera's op deze verdieping.

Hij klikte er een aan en was verbaasd wat er in een andere kamer aan het einde van de gang gebeurde.

Twee vrouwen flirtten met een man en leken om de beurt een dildo door te slikken.

In een andere kamer hadden drie vrouwen hun slipje naar beneden en het leek alsof ze een vibrator deelden.

Hij zette de camera's uit en ging terug naar de computerbestanden.

En hij vond snel wat hij zocht.

Klootzak, fluisterde ze tegen zichzelf.

Er waren mappen voor enkele van de beste vrouwelijke presentatoren op internet, samen met een paar andere mensen die ze herkende.

Wat ze allemaal gemeen hadden, was het uiterlijk van een krachtig meisje: een stralende glimlach, opvallende benen, glamoureus haar en een geweldige sexappeal.

Juliet overwoog bij zichzelf wat ze nu moest doen.

Haar meest kinky kant won uiteindelijk en ze klikte om een map met de naam 'Barbara' te openen.

De map van zijn zus.

HOOFDSTUK 3

Ze keek naar de laatste opname, waaruit bleek dat haar oudere zus helemaal verzorgd was en klaar was om aan haar middagshow te beginnen.

De bovenkant van Barbara's jurk zat hoog en strak om haar middel.

Terwijl ze met haar gezicht naar beneden op het bureau van de baas lag, neukte hij haar van achteren.

Hij hield een kleine zweep in zijn hand en sloeg Barbara hard op de rug.

Toen ze het geluid speelde, was Julieta er zeker van dat ze kreten van pijn en plezier zou horen.

Het leek alsof de baas Barbara's kont neukte.

'Vuile trut,' mompelde Juliet met een glimlach in zichzelf. 'Dus je hebt die vlekken op je rug.'

Juliet kon het niet laten en klikte op een ander filmpje.

Deze keer zag hij zijn beroemde oudere zus op haar knieën, vastgebonden aan een ketting aan een leiband.

Een potige man die ze herkende als een bewaker die aan de riem trok, terwijl Barbara diep slikte en tussen de ademhalingen door een andere man afzogen die een senior executive leek te zijn.

Het verrassende of niet zo verrassende was dat Barbara uiteindelijk, nadat beide mannen hun mond hadden gevuld met sperma, glimlachte en blij leek met haar aandacht.

Met een glimlach vol sperma leek ze het later gezellig te hebben met de mannen.

Julieta's vermoedens werden bevestigd.

Ze wist dat er een reden was waarom haar zus niet wilde dat ze deze video's zag.

Het waren niet alleen seksvideo's.

Diep van binnen kon hij zien dat Barbara ondanks de chantage een echt product van BDSM was geworden.

In werkelijkheid was het Julia ook.

Ze kon dus niet boos worden op haar zus.

Ze had veel ruige sekservaring in haar jonge jaren toen ze werd gepromoveerd tot rechercheur bij de politie.

Werk had zijn slechte momenten, en seks was iets dat angst wegnam en verlichtte.

Voor hen was ruige seks beter in het verminderen van stress dan drugs of alcohol.

Ze sloot de video af van haar zus die aan een lul zuigt en zich afvraagt of ze een andere moet kijken.

Maar hoe langer ze bleef, hoe groter de kans om gepakt te worden.

Hij wilde de vrouwen van het bedrijf een groot plezier doen door de bestanden te wissen en het hele mainframe op slot te doen.

De baas verdiende niets.

Hij stopte toen hij een map met de naam "Power" zag.

Wat de fuck kan het zijn?

Voor een man als Stevens moet het iets heel opvallends zijn geweest.

Julia's nieuwsgierige kant won het en ze keek er snel naar.

In de map zat een lijst met achternamen, waarvan hij er enkele herkende.

Het waren vooraanstaande politici op alle overheidsniveaus.

Dat kon toch niet zijn wat ze dacht?

Hij klikte op een herkenbare naam die de achternaam van de officier van justitie bleek te zijn.

Er werd een video afgespeeld die eruitzag als een geheime opname in een luxe hotelkamer.

Zijn vermoedens werden bevestigd dat het de officier van justitie was die op video seks had met wat leek op een vrouwelijke escorte.

De aanklager werd geboeid terwijl ze vernederende seksuele handelingen met hem verrichtten.

'O mijn god,' hijgde ze, zich realiserend dat ze zojuist een dossier van afpersing was tegengekomen.

'Waar was dat in godsnaam voor? Zou het ooit gebruikt worden? Is er nu iets gebruikt?' Ze vroeg zich af.

Hoewel hij jarenlang met niemand van de politie had gesproken, was dit informatie die aan zijn voormalige collega's moest worden doorgegeven.

Maar ze had een groot probleem.

Inbreken in een kantoor en een computer hacken is illegaal zonder een bevelschrift.

Hij wist dat de beste manier zou zijn om van al dit materiaal een kopie te maken en het anoniem door te geven aan zijn voormalige collega's.

Iemand zou weten wat ermee te doen.

Helaas had ze niet de apparatuur om een kopie te maken, wat betekende dat ze morgen terug moest komen om de klus te klaren.

Julieta trok de stekker uit het stopcontact en stopte hem weer in haar zak.

Hij maakte het toetsenbord schoon met een tissue.

Voordat hij het kantoor verliet, sloot hij zijn ogen en haalde diep adem.

Ze had veel offers gebracht en had veel moeilijkheden in het leven.

Zou dat echt erger zijn?

Ze wist dat ze er spijt van zou krijgen.

Met haar duistere impulsen liet ze een kant van zichzelf los waarvan ze wenste dat ze die voor altijd kon opsluiten.

Maar dat zou voor het algemeen belang zijn.

Julieta opende de deur en zorgde ervoor dat de kust veilig was voordat ze het kantoor van de baas verliet.

Om morgen naar dit appartement terug te keren, zou ze een van de tests moeten doorstaan en worden "ingewijd" in de groep metgezellen.

Ik zou deze mensen nooit meer zien.

Als ze haar vermomming eenmaal had laten vallen, zouden ze haar nooit meer herkennen.

Dan zou het het offer waard zijn geweest.

HOOFDSTUK 4

De orale sekskamer leek het minst opdringerig omdat ze geen van haar lichaamsdelen hoefde te strippen.

Net als haar oudere zus was ze gezegend met het vermogen om een goede lul in haar keel te duwen zonder over te geven.

Als hij dit één keer voor een groep vreemden zou kunnen doen, zou hij een groot complot kunnen verstoren.

Ironisch genoeg had ze nog nooit zo'n groot complot ontdekt, zelfs niet toen ze officieel rechercheur was.

Hij ging een van de kamers binnen waar een goedgeklede man verschillende vrouwen aan het zuigen was op dildo's van verschillende groottes.

Hij bestudeerde de prestaties zorgvuldig om te zien wie de beste natuurlijke vermogens had en wist wat hij moest doen om ze te verbeteren.

De vrouwen hadden tranen in hun ogen toen de make-up over hun wangen liep.

'Jij bent aan de beurt,' zei de man nadat de laatste vrouw klaar was. 'Je ziet eruit als een meisje van twintig centimeter.'

Juliet knikte en nam de uitdaging aan.

"Geen probleem"

De man was niet onder de indruk, alsof hij die woorden al duizend keer had gehoord.

Hij was duidelijk gewend aan het ontmoeten van vrouwen die succesvolle mediavertegenwoordigers wilden vergezellen en die veel geld hadden.

Juliet pakte nonchalant de dildo om bij de groep sekswerkers te passen.

Hij opende zijn mond en slikte het seksspeeltje in één klap door.

Ze sloot haar ogen, sloeg haar lippen om de dildo en zoog zo hard dat haar wangen om het siliconen speeltje krulden.

Bij elke pas duwde hij het helemaal in zijn keel zonder geluid te maken.

Ze opende haar ogen en trok de met speeksel bedekte dildo uit haar keel.

Oh ja, de man was tevreden.

Hij glimlachte.

'Getalenteerd,' zei hij, op zoek naar een ander speeltje. 'Laten we eens kijken hoe je met een tien-inch exemplaar omgaat.'

Juliet hield haar pokerface.

Ze wist dat dit een groot risico was.

Hij zou zeker stikken, maar hij kon geen zwakte tonen.

Zijn vermogen om terug te gaan en de klus te klaren, hing af van die rubberen penis die langs zijn nek liep.

Nadat hij dildo's had uitgewisseld, hield hij zijn adem in terwijl hij hem in zijn mond stopte.

Ze aarzelde geen moment en koos ervoor om zo ontspannen mogelijk te blijven om haar kokhalsreflex niet te activeren.

Hij hield de dildo tegen zijn keel.

Voordat ze smerig kon gorgelen, trok ze de dildo uit haar mond en haalde diep adem, terwijl ze een waardige houding aanhield.

'Ik wil morgen de baan,' zei Julieta, zichzelf dwingend kalm te klinken, hoewel het meer tijd zou kosten om goed te ademen. "Mijn pijpbeurten zijn beter dan welke andere vrouw dan ook in dit hele gebouw."

Ze voelde de vuile blikken van de andere mogelijke metgezellen in de kamer, maar ze had belangrijker dingen aan haar hoofd dan haar gevoelens.

De man knikte.

'Met zo'n mond kunnen we je zeker goed gebruiken. Wees hier morgen om tien uur. Je naam staat op de lijst.'

'Dank je,' glimlachte hij.

Toen hij de kamer verliet, zag hij de grote beveiligingsmedewerker weer.

Deze keer leek hij in een goed humeur te zijn.

'Ik ben trouwens Adams,' zei de bewaker. 'Ik zag wat u daar deed. Heel, heel indrukwekkend, juffrouw. U bent een behoorlijk perfect pakketje.'

Ze stond naast hem.

'Mijn naam is Karen. Zet me op je lijst. Ik ben hier morgenochtend en ik heb nergens een probleem mee.'

Ze wist dat haar brutale houding er alleen maar voor zorgde dat de bewaker nog meer naar haar verlangde.

Die gedachte deed hem glimlachen.

HOOFDSTUK 5

Die nacht was Julieta naakt in haar appartement, vers van een warme douche met veel stoom.

Ze had dit niveau van stress eerder ervaren, maar er stond meer op het spel met de betrokkenheid van haar zus.

Hij wikkelde een handdoek om zijn haar nadat hij zijn lichaam had afgedroogd.

Ze ging op het bed zitten en belde haar zus, die zeker uitkeek naar het nieuws.

"Je hebt voor elkaar gekregen te?" vroeg Barbara onmiddellijk na het beantwoorden van de oproep.

"Er waren complicaties."

"Wat!?"

Juliet hoorde de angst in de stem van haar zus.

Dat was volkomen begrijpelijk, aangezien zijn zus van plan was over een paar dagen contractonderhandelingen te starten met een ander kabelbedrijf.

'Ik kan het nog niet uitleggen,' zei Juliet kalm. 'Je moet me nu vertrouwen. Er is meer te doen en ik kom morgen terug.'

Barbara hapte ongelovig naar adem.

'Waarom? Wat ben je in godsnaam aan het doen?'

'Ontspan. Ik heb alles onder controle.'

Juliet keek naar haar naakte spiegelbeeld en poseerde met gebogen rug en gekruiste benen.

Hij nam de handdoek van zijn hoofd en liet zijn haar gedeeltelijk naar achteren kammen.

'Je weet wat er gaat gebeuren, nietwaar?' vroeg Barbara oprecht bezorgd. "Ze kunnen een taaie bende zijn."

'Ik hoop dat ik dat vermijd. Ik heb gezien dat ze je gebruiken.'

Na een snik van Barbara was er een paar seconden volledige stilte aan de telefoon en Juliet hield haar ogen op haar eigen benen gericht.

Ontelbare kilometers rennen op buitenpaden had hem ongelooflijke benen gegeven.

Barbara snoof.

'Er is een reden waarom we niet meer praten.'

"Ik weet dat ik dat niet had moeten zeggen. Ik heb een hectische dag gehad en morgen kan het nog erger worden."

"Doe geen domme dingen".

'We zullen dit gesprek morgen tijdens het eten beëindigen,' zei Julieta. 'Dat beloof ik. Maar op dit moment concentreer ik me op iets belangrijks.'

Hun gesprek eindigde op goede voet, toen ging hij weer aan de slag.

Terwijl ze nog naakt was, ging Julieta naar haar la en vond haar favoriete jarretelgordel en kousen.

Hij had hem al jaren niet meer gebruikt, hij had hem nooit meer nodig na zijn oude baan bij de Vice-eenheid, die undercover werkte.

Ze ging voor de spiegel staan en trok ze aan, duwde de kousen langs haar voeten en maakte ze vast aan de jarretelgordels om haar dijen.

Ze poseerde voor de spiegel.

Volgens zijn onderzoek was dit de fetisj van de baas.

Dit was vooral duidelijk in dit nieuwsnetwerk, waar de meeste presentatoren overdag bekend stonden om hun sexy benen en korte jurken.

De blik op haar naakte spiegelbeeld in de jarretellegordel en kousen bracht veel goede herinneringen naar boven.

Ze wist hoe ze dit ondergoed als wapen moest gebruiken.

Ze herinnerde zich de clubs waar ze naar toe ging en dacht aan de ruwe en vernederende seks die haar stressniveau had verminderd.

Haar vingers bewogen naar beneden en ze sloot haar ogen toen ze elkaar aanraakten.

HOOFDSTUK 6

Julieta kwam de volgende dag vroeg terug om ongeveer negen uur 's ochtends om de situatie te onderzoeken.

Deze keer vermeed hij zijn zus en hun onvermijdelijke discussie, wat alleen maar een afleiding zou zijn.

Ze ging naar de directie.

Net als de dag ervoor waren haar haar en make-up glamoureus, maar haar jurk was iets korter.

Het was niet echt vies of ongepast, maar het was genoeg om een beetje extra aandacht te krijgen.

Er was een zakelijke bijeenkomst die eindigde terwijl Julia in de lobby wachtte.

Ze verborg haar verlegenheid door haar benen te bewegen toen de oude zakenlui in pak naar haar keken toen ze de lift naderden.

Ze glimlachte alleen maar toen de mannen hun gesprekken voortzetten.

Ze keek door de gang en zag Stevens terugkeren naar zijn kantoor, want god weet hoe lang.

Ze had alles gepland.

Nu was het tijd voor Plan B.

Hij wachtte tot er meer vrouwen zouden komen opdagen voor de afspraak van tien uur.

De grote bewaker was er om de vrouwen te organiseren voordat het tijd was om op te treden.

Juliet sloeg haar benen over elkaar en verdraaide een voet, wat Adams aandacht trok.

Ze droeg een kleine tas met haar elektronische apparatuur, stond op en liep verleidelijk naar de bewaker toe.

"Is de baas hier?" Zij vroeg.

"Stevens?"

Julia knikte.

'Ja, kan ik alleen met hem praten?'

'Je krijgt snel je kans,' zei Adams, hem een beetje plagend. 'We wachten tot de andere meisjes komen opdagen. Ik weet ook van je bijzondere talent. Ja, met een mond als die van jou, zal ik je zeker een kans geven.'

'Eigenlijk heb ik een soort zakelijk project. Ik weet zeker dat je het leuk zult vinden.'

Juliet gebaarde naar haar benen en tilde discreet de voorkant van haar jurkje op om de jarretelgordel en kousen te onthullen.

'Heerlijk,' schamperde hij weer. "Je bent een ongelooflijk pakket. Je hebt een heerlijke mond en mooie benen. Ik sta versteld van je andere talenten."

'Dat zijn de ontdekkingen voor je baas. Als we tot wederzijds voordelige voorwaarden komen, heb je misschien later een kans om me op de proef te stellen. Tegen die tijd ben je een brave jongen en krijg je deze ontmoeting?'

Hij knikte langzaam en keek naar haar lichaam.

"Ja zeker wachten."

Adams liep door de gang naar Stevens' kantoor.

Het gesprek was kort en hij keerde snel terug.

Hij had een honger op zijn gezicht die er bijna griezelig uitzag.

'Je hebt geluk, Karen,' zei hij. 'De baas herinnert zich nog dat hij gisteren hoorde over je orale uitspattingen en hij kijkt ernaar uit om suggesties te bespreken. Ik heb hem ook verteld wat je beneden hebt. Dus ga je gang. Zijn kantoor is hier.'

Ze knipoogde.

"Heel erg bedankt."

Juliet liep door de gang naar de open deur.

HOOFDSTUK 7

Het was de eerste keer dat ze Stevens ontmoette, en het maakte haar nerveuzer dan gewelddadige criminelen of straatverkopers tegen te komen.

Stevens was een man met grote macht en invloed op het Amerikaanse politieke systeem.

Een god in de mediawereld.

Erger nog, als ze een fout maakte, stond haar huid op het spel en in dit geval was er geen politie-ondersteuning om haar te helpen.

Hij ging het kantoor binnen en zag Stevens, een lange en imposante figuur, die achter zijn bureau ging staan nadat hij wat documenten had opgeborgen.

"Kan ik de deur sluiten?" Zij vroeg.

Hij lachte haar uit.

'Doe dit alstublieft. Sommige zakelijke voorstellen worden privé gehouden.'

Juliet sloot de deur nadat ze door de gang had gekeken en zag dat Adams naar haar knipoogde.

Nu ze alleen was met haar prooi, werkte ze haar charme uit.

'Je hebt het druk, dus ik zal het even uitleggen,' zei hij met een sexy stem. 'Ik weet wat mannen zoals jij willen. Waarom probeer je niet het tegenovergestelde? Af en toe een klein beetje verandering.'

Stevens stapte naar voren om ze bij elkaar te brengen.

"Vervolgens. Wat houdt uw aanbod precies in?"

"Dominante vrouw. Krachtige mannen houden ervan om vrouwen te hebben, maar het tegenovergestelde kan een nieuwe seksuele ervaring zijn. Heb je ooit genoten van het plezier om je te onderwerpen aan een krachtige vrouw? Geboeid en in de handen van een dominante vrouw. Dat ben ik. Ik ben." ik weet zeker dat veel van je vrienden en collega's van mijn tamme zullen houden. Laat me je een voorproefje geven van wat ik kan doen. "

'Dus je wilt me vastbinden?'

'En je blinddoekte,' voegde ze er met een blije glimlach en een opwindende knipoog aan toe.

'Jij bent de deepthroat-vrouw, nietwaar?' vroeg Stevens.

"Ik ben het en ik ben er trots op."

"Waarom zou ik bondage willen spelen als ik je beste eigenschap kan bewijzen?"

Julia haalde even haar schouders op.

'Ik weet zeker dat je elke dag een diepe keel hebt. Waarom probeer je mijn andere vaardigheden niet eens?'

'Een sterke onderhandelaar,' knikte hij. "Executieve vrouwen kunnen echt van je leren. Ze zijn slim, wild en sexy als de hel. Mijn soort vrouw."

Ze knipoogde.

"Heel erg bedankt."

"Heb je deze baan al lang?"

'Een paar jaar. Het is een beetje een bijbaantje voor mij.'

"Wat is je fulltime baan?" Ik vraag.

"Laten we zeggen dat ik een techfreak ben en dodelijk achter de computer zit. Maar ik praat niet graag over mijn persoonlijke leven."

Stevens glimlachte boosaardig.

Veel mannen beweren dat ze van slimme vrouwen houden, maar voor hem was het waar.

Juliet wist dat dit een gevaarlijk spel was en de inzet steeg.

'Klinkt goed voor mij,' zei hij zelfverzekerd. "Ik moet je hebben. Ik laat je doen wat je wilt met me; bind me vast, blinddoek me, neuk me. Wat dan ook."

Juliet onderdrukte haar eigen glimlach en behield haar uiterste kalmte.

Ze was een expert op het gebied van knopen en Stevens zou al snel hulpeloos zijn als ze haar cd kopieerde voordat ze hem volledig vernietigde.

'Laten we beginnen,' zei ze. "Ik zal de ..."

'Niet zo snel. Pak je jurk. Laat me je jarretelgordel zien. Ik heb hele aardige dingen gehoord over hoe hij je staat.'

Zonder aarzeling tilde Julieta de voorkant van haar jurk op om haar onberispelijke kousen en kanten slipje te onthullen.

Ondanks de gecompliceerde situatie waarin ze zich bevond, voelde ze zich goed om op die manier begeerd te worden.

"Vind je het leuk wat je ziet?" vroeg hij met een schudding van zijn heup.

Stevens knarsetandde.

'Ja, ik zal je aannemen. Maar eerst moet je je aan mijn regels houden.'

'En hoe zou dat werken?'

Juliet wist precies wat deze man voorstelde.

Angst liep langs haar ruggengraat, maar ze weigerde terug te deinzen.

'Wees een beetje mijn speenpop,' glimlachte ze. "Ik wil echt je lippen en je keel proeven. Je bent perfect voor mijn pik met die mooie blauwe ogen die naar me kijken. Ik zal genieten van naar je kijken en je haar wrijven terwijl je mijn pik opeet."

Door de situatie waarin Julieta zich bevond, trok haar kutje samen en begon ze te friemelen.

Het was lang geleden dat een man haar zo had misbruikt.

Zou ze het echt kunnen met de man die haar zus chanteerde?

Een man die het walgelijke dossier van stiekem opgenomen video orkestreerde?

Niemand zou er iets van hoeven te weten.

Zoals altijd won Julia's meer gevaarlijke kant.

Dat deed hij altijd.

Zijn neiging om meedogenloos te leven was de belangrijkste reden dat hij nooit met het grootste deel van zijn familie kon opschieten.

Ze knikte.

"Geen spelletjes. Geen onzin. Als ik je mijn mond laat neuken, zal ik je vastbinden en je een voorproefje geven van echte vrouwelijke dominantie. Als je van mijn diensten houdt, kun je me inhuren voor jou en je vrienden. We hebben een deal ? "

"Je bent de taaiste onderhandelaar die ik ooit heb ontmoet", zei ze lachend. "Natuurlijk, we zullen zien wat er in je opkomt."

Toen de baas een la in de buurt opende, zag Juliet een verscheidenheid aan bekende seksspeeltjes.

Het was een indrukwekkende verzameling apparaten voor seksuele controle en onderwerping.

Stevens haalde een halsband tevoorschijn met het woord "FOX" op het leer gegraveerd en aan een riem vastgemaakt.

Natuurlijk vroeg hij zich af of dit dezelfde ketting was die bij zijn zus was gebruikt.

De gedachte was moeilijk te verteren.

'Heb je er ooit een gebruikt?' vroeg hij, het omhoog houdend als een kroon.

"Ik heb er zo een."

'Dus? Vond je het leuk?'

"Het is jaren geleden", gaf hij toe. "Maar ja, ze vond het heerlijk om als een kitten vastgebonden te worden."

"Goede kat. Ik zal dit geweldig vinden. Ga nu op je knieën."

Julieta legde haar tas op tafel en liet zich op haar knieën vallen, in de hoop dat er alleen maar een pijpbeurt van haar zou worden gevraagd.

Maar omgaan met zoveel mannen leek onwaarschijnlijk.

Niemand zou er ooit achter komen, hield hij zichzelf voor.

Ze tilde haar kin op en liet Stevens de ketting om haar nek spannen.

De niet-aflatende druk rond haar nek zorgde voor centra van plezier die ze al lang niet meer had opgemerkt.

Alsof het een teken was, klemde haar kutje zich samen.

Juliet keek op van haar knieën en voordat zijn pik in haar mond werd gestoken, zag ze aarzeling in Steven's ogen.

'Weet je, iets over jou komt me bekend voor. Ik kan het niet identificeren.'

Ze staarde hem dapper aan en bad dat hij niet zou ontdekken wie ze was.

In veel opzichten leken Julia en Barbara op elkaar en deelden ze veel van dezelfde gelaatstrekken.

Even vroeg ze zich af of ze haar haar niet donkerder had moeten verven.

'Ik controleer je berichtennetwerk,' antwoordde ze. "Je omringt je de hele dag met mooie vrouwen. Ik weet zeker dat alles op een gegeven moment door elkaar gaat lopen."

Hij glimlachte en lachte toen.

'Je hebt gelijk. Doe nu je mond wijd open, vuile teef.'

In een zeer vloeiende beweging liet Stevens zijn pik los, die al keihard was.

Juliet kromp ineen toen ze zich realiseerde dat dit de eerste keer was dat ze een man had gestofzuigd terwijl ze aan het werk was.

Omdat ze dacht dat ze op geen enkele manier van deze fellatio kon genieten, bereidde ze zich mentaal voor om zijn pik in haar mond te krijgen.

Zonder op een vriendelijke binnenkomst te wachten, was ze voorbereid op wat komen ging.

Op het moment dat Juliet haar mond opendeed, trok Stevens aan de riem en duwde haar heupen.

In een fractie van een seconde was Julia's mond gevuld met het harde vlees van de man en was de toegang tot haar luchtpijp bijna geblokkeerd.

Het smaakte en voelde als elke andere lul, maar dat deed het niet.

Tijdens de universiteit hadden Julieta en Barbara vaak ruzie over jongens, maar ze waren nooit seksueel met dezelfde jongen.

En nu slikte hij een pik die zijn zus regelmatig had gezogen en geneukt.

En de grootste ironie was dat hij dit deed namens zijn zus.

Stevens schoof hem in en uit zijn keel en sloeg met grote kracht op zijn pik.

Als ze niet zo was vastgepind, had ze misschien moeite gehad om overeind te blijven.

Maar hij bereikte al snel een voorspelbaar tempo waardoor hij kon ademen en rechtop kon blijven.

Juliet vroeg zich natuurlijk af wie Stevens zou beoordelen als de beste klootzak.

Ze had hem in de video de mond van haar zus zien neuken en merkte dat hij zelfs tijdens een orgasme erg beheerst was.

Juliet vroeg zich af of het mogelijk zou zijn zijn lusteloze houding te doorbreken en begon actief mee te doen door haar tong rond het puntje van zijn penis te draaien terwijl het in en uit haar mond bewoog.

Het zou geen kwaad kunnen als hij probeerde meer plezier van hem te krijgen, en Juliet was er vrij zeker van dat ze dat kon.

Op dat moment was ze in conflict.

Ze voelde zich schuldig bij de gedachte Stevens meer een plezier te doen, die zeker geen seconde van haar tijd had verdiend.

Juliet was echter nogal competitief en besloot de uitdaging aan te gaan die ze zichzelf had gesteld.

In haar onderdanige pikzuigende positie ontspande ze haar kaak volledig en ging aan het werk.

Ze leunde met haar hoofd achterover, een truc die ze van een prostituee had geleerd en die ze volledig kon verwerken.

Hun bewegingen werden ernstig beperkt, letterlijk door aan een korte lijn te worden gehouden.

Maar dat maakte niet uit.

Elke keer dat hij zijn pik in haar mond duwde, zoog ze met de perfecte druk.

Toen hij opkeek, zag hij dat Stevens zich concentreerde.

Terwijl hij zich terugtrok, danste haar tong rond het puntje van zijn staart, in een poging elk voorvocht te vangen dat geproduceerd werd.

De man bleef stoïcijns.

Er was een gezoem in haar keel waardoor Stevens uiteindelijk moest glimlachen.

Het werk van haar mond ging door.

Hij zag Stevens' hoofd terugveren terwijl hij steeds luider kreunde.

Juliet had hem dit zijn zus niet eens aan zien doen.

Als dit een wedstrijd was, won ze.

Het was gemakkelijker dan verwacht, en in dat tempo zou hij de baas binnen enkele minuten hebben vastgebonden.

Zijn groeiend optimisme werd bedorven door een klop op de deur.

Ze probeerde zich terug te trekken, maar de baas trok aan de lijn en hield haar mond vol met zijn pik.

"Op tijd", glimlachte Stevens. "Ik heb Adams gevraagd om terug te komen. Hij helpt me met veel zaken en helpt bij het screenen van potentiële zakenpartners."

De deur ging open en Juliet slaagde erin haar hoofd net genoeg te draaien zodat de lange bewaker de kamer binnenkwam.

Adams glimlachte breed, zijn droom stond immers op het punt uit te komen.

HOOFDSTUK 8

Stevens raakte Julia's wang zachtjes aan.

'Kijk me aan. Je kunt stoppen wanneer je wilt. Tik maar. Schreeuw. Zeg iets. Dan kom je naar buiten. Knik als je het begrijpt.'

Juliet slaagde erin te knikken, ook al zat zijn pik in haar mond.

"Prima," antwoordde hij. 'Adams, doe je kleren uit.'

'Met genoegen, baas,' zei de bewaker op angstaanjagende toon.

De deur ging dicht en toen Adams achter haar stapte, voelde Juliet de voorkant van haar jurk over haar middel naar beneden glijden.

Grote handen streelden haar rug voordat ze haar beha losmaakte en haar speelse tieten losliet.

Julia's lichaam reageerde zoals altijd op de ruwe behandeling.

Ook al had hij ervoor gekozen om afstand te nemen van deze levensstijl, het voelde als thuiskomen.

Haar roze tepels verhardden zelfs voordat Adams dikke vingers ze vastgrepen.

Dat deed haar blozen.

Terwijl de staart nog in haar keel zat, tilde de lange man Julia van de vloer zodat ze de jurk onder haar vandaan kon trekken.

Haar kousenbanden en slipje waren gescheurd en opzij gegooid.

Toen trok hij haar hakken uit en scheurde haar kousen uit.

Ze was naakt.

Verdomd naakt.

Van top tot teen, behalve de ketting om haar nek.

Het slimste was om er gebruik van te maken.

Hij moet toegeven en weglopen met wat er nog over is van zijn waardigheid.

Maar Julia was koppig, wat een familietrekje was.

En, op een vreemde manier, was dit zijn manier om Stevens' afpersing te gebruiken om gerechtigheid voor iedereen te krijgen.

Het was ook haar manier om de fouten te corrigeren die ze in haar leven had gemaakt: als voormalig agent en als jongere zus.

Een vorm van verzoening.

Het is waar dat de angst en bezorgdheid die ze voelde toen ze naakt was, overgeleverd aan twee grote vreemden, haar van streek maakte.

Met een lul in haar mond vroeg ze zich af wat er zou gebeuren als haar kutje vloeistof op de vloer lekte.

Stevens hervatte de aanval op haar nek.

Zijn mond was te uitgestrekt en zijn kaak deed pijn van de agressieve bewegingen.

Maar dankzij jarenlange ervaring hield ze haar tanden uit de buurt van zijn staart.

Na nog een paar stoten stootte Stevens zijn pik een paar seconden aan.

Hoewel Julieta niet kon ademen, bleef ze kalm.

Gelukkig trok Stevens zijn pik eruit en hapte Juliet naar adem.

'Je bent nu een werkende vrouw, nietwaar?' vroeg Stevens alsof dit een verhoor was geworden. 'Niemand heeft je ertoe aangezet? Je bent hier alleen als zakenvrouw, toch?'

Juliet haalde diep adem en gorgelde, terwijl het speeksel langs haar kin droop.

"Zu ik een lul zuigen als een verdomde agent of zo?"

'Ik heb nooit gezegd dat je een agent bent. Ik vraag het gewoon.'

Hij spuugde om niet te stikken.

"Ik ben een verdomde zakenvrouw."

"Ok dan. Adams, ga aan je poesje werken. Ik zal voor je mond zorgen. We zullen zien of het breekt."

Ze trokken haar aan de lijn en dwongen Julia als een hond naar de bank te kruipen.

Stevens ging zitten, een knie op de bank en een been op de grond.

Hij klopte op het kussen en Juliet klom op de bank.

Het was op handen en voeten, tussen zijn benen en voor hem.

Ze hield oogcontact met de baas en hoorde Adams zich uitkleden en achter haar komen staan.

Bijna onmiddellijk spreidden de grote handen van de beveiligingsman haar billen, en Juliet wist dat hij haar natte kutje en anus van dichtbij bestudeerde.

Terwijl ze angstig wachtte, hield ze haar gezicht kalm zodat Stevens zou blijven geloven dat ze een echte prostituee was.

Maar toen Adams vingers haar kutje begonnen te onderzoeken, snakte ze naar adem.

"Stop met aan mijn pik te zuigen," beval Stevens. "Je doet het erg goed".

Terwijl ze ontspande op het ritme van Stevens' pik die in en uit haar mond bewoog, vroeg ze zich af hoe groot het pakket was dat Adams had.

Het element van het onbekende is altijd aantrekkelijk voor haar geweest.

Adams werd hardnekkiger en nieuwsgieriger en stak twee dikke vingers in haar kutje.

'Shit, ze is strak voor een hoer,' mompelde hij bijna in zichzelf.

De baas glimlachte.

"Neuk haar dan al."

Juliet voelde Adams zijn vingers terugtrekken en vervangen door de eikel van zijn pik.

Ze probeerde een idee te krijgen van de grootte en was onder de indruk.

Het was absoluut een stuk groter dan Stevens en ze was volledig gefocust op haar kutje, ook al bleef Stevens haar mond doorboren.

Adams' intrede in zijn Hole in Need was attenter dan verwacht.

De bewaker drukte tegen haar bekken, bewoog de kop van zijn staart en duwde zijn lange, dikke staart centimeter voor centimeter.

Net toen Juliet dacht dat ze het niet meer aankon, boog Adams zich voorover en duwde haar vol naar binnen.

Ze verstijfde even toen ze aan zijn enorme erectie gewend raakte en hervatte toen haar orale manipulaties op Stevens.

Toen Adams in en uit haar sterk gestimuleerde kutje begon te bewegen, voelde ze een deel van haar.

'Ik voel het zich uitbreiden,' gromde Adams.

'Je moet de volgende keer haar keel proberen. Ik weet zeker dat het bestuur van haar zal houden. Ik zal haar bij elke vergadering onder de tafel zetten. Daar hoort ze thuis. Op haar knieën.'

In het verleden had Julia veel verdorven seksuele handelingen gehad.

Maar gevangen zitten tussen twee mannen die op zoveel verschillende manieren machtig waren, was het meest opwindende.

Het was geen vraag, ze werd gedomineerd en ze genoot van elke seconde die werd afgeleid door de situatie terwijl de tranen van spanning over haar gezicht rolden.

Hoewel hij op elk moment vrij was om te gaan, vond hij deze onconventionele unie onweerstaanbaar.

Beide mannen gebruikten het voor hun eigen plezier, en als resultaat voelde Juliet haar lichaam gespannen terwijl ze zich voorbereidde om los te komen.

Stevens' staartbewegingen werden hectischer en ze wist dat hij ook dichtbij was.

Ondertussen had Adams een geweldige tijd met haar kutje.

Steeds harder slaan.

Zijn slagen werden intenser en dringender toen zijn vingers diep in haar heupen drongen.

De zoete wrijving van zijn pik die in en uit haar tunnel zeilde, bracht haar snel tot een duizelingwekkende, natte climax.

Plotseling brak ze en voelde haar kutje samentrekken tegen de dikke staaf terwijl hij haar spietste.

De krampen schokten haar lichaam terwijl ze probeerde te kreunen, maar werd gedempt door de pik in haar mond.

"Fuck yeah bitch. Kom op mijn lul," gromde Adams.

Juliet schaamde zich en was tegelijkertijd opgetogen.

Hij droeg deze emotionele mantel comfortabel.

Het was lang geleden dat ze zo'n krachtig orgasme had meegemaakt en ze wist dat het moeilijk zou zijn om aan dit ongelooflijke plezier te ontsnappen.

Uiteindelijk maakte ze een grote natte puinhoop op de leren bank en de vloer van de harde straal die ze had uitgeworpen.

Ze was er zeker van dat het niemand iets zou schelen, behalve degene die verantwoordelijk was voor het schoonmaken van het kantoor.

Stevens stotterde:

'Ik spuit mijn lading in zijn mond. Adams, ben je klaar?'

"Ik was er klaar voor vanaf het moment dat ik haar ontmoette."

Beide mannen trokken hun staart van Julieta's gebruikte lichaam en draaiden ze om om naar haar te kijken terwijl ze voor haar stonden.

Julieta gooide haar hoofd achterover en opende haar mond terwijl de twee mannen elkaar streelden tot ze klaarkwamen.

De zoute jets van beide mannen bedekten hun tong, mond en keel.

De plons leek eindeloos.

Op de een of andere manier slaagde hij erin de lading in te slikken terwijl het tij voortduurde.

Ze was verbaasd dat ze niet had overgegeven.

Toen de orgasmes van de mannen voorbij waren, viel Juliet op de grond in een met sperma gevulde roes.

Hij hapte naar adem door zijn met sperma bedekte mond en probeerde zich precies te herinneren waarom hij daar was.

De twee mannen stonden bovenop haar, hun natte, slappe staart bungelend.

Op dat moment verstond hij nauwelijks haar woorden of wie wat zei.

"Wat een geweldige shit. Ze is een echte klootzak."

"Het beste poesje dat ik in lange tijd heb gehad. En ze heeft een geweldige kont. Ik denk dat ze hier een nieuwslezerespositie zou kunnen hebben."

Juliets gedachten zweefden in haar postorgastische mist, denkend aan haar zus en het echte doel van haar bezoek.

Hij zag de mannen staren naar hun blote lichamen en roze tepels, samen met het zweet op hun borst en voorhoofd.

Stevens boog zich voorover om de riem los te maken en toen kon hij weer comfortabel ademen.

HOOFDSTUK 9

Tot zijn verbazing hield Stevens woord.

Ze waren allebei volledig naakt op kantoor en ze had hem volledig geïmmobiliseerd.

Als knoopexpert wist ze hoe ze een lange man moest bedwingen.

Nadat ze hem geblinddoekt had, duwde ze haar gescheurde slipje in haar mond.

Naakt pakte ze haar tas en rende naar het bureau.

Hij haalde een van zijn telefoons tevoorschijn en stopte die in de server.

Toen hij toegang had tot de harde schijf, merkte hij dat alle geheime camera's actief waren en aan het opnemen waren.

Hij gebruikte de camera in hetzelfde kantoor en spoelde de beelden terug.

Julieta zag zichzelf zuigen en zuigen terwijl ze werd bestuurd door een riem in een video.

Ze sloeg de video een beetje verder over en zag haar van achteren geneukt worden terwijl ze op Stevens' lul zoog.

Het was een beetje gênant om haar geknepen en geneukt te zien worden door deze twee lange, dominante mannen.

'Klootzak,' mompelde hij.

Hij realiseerde zich dat de tijd cruciaal was toen hij Stevens door de knevel hoorde schreeuwen.

Zelfs geblinddoekt realiseerde hij zich dat de baas wist wat er gebeurde en wat er met de eenheid gebeurde.

Nadat hij van alles een digitale kopie had gemaakt, stopte hij zijn andere telefoon in en bleef een minuut staan terwijl de hele harde schijf volledig werd vernietigd.

Zijn werk zat erop.

Hij hoefde alleen maar te vluchten, maar hij kon het niet laten om nog een laatste keer naar deze afperser te kijken.

Ze wendde zich tot Stevens.

Op dat moment was ze eraan gewend om naakt op kantoor te zijn en leunde ze voorover om zichzelf op de schouder te kloppen.

'Bedankt voor de hete neukbeurt,' zei hij in haar oor. 'Maak je geen zorgen, ik laat de deur op een kier staan zodat iemand je kan vinden. Tot die tijd ben ik weg en zul je me nooit meer zien. En voor de goede orde, het was het waard.'

Nadat Julieta zijn voorhoofd had gekust en hem uit alle macht zag vechten, trok ze de jurk aan.

Ze trok op haar hielen en haastte zich het kantoor uit.

Hoewel ze struikelde, ontsnapte ze zonder problemen.

NAWOORD

Toen hij al weg was van het gebouw en door de drukke stadsstraat liep, merkte hij dat zijn adem naar sperma stonk.

Twee enorme ladingen zouden dat met elk meisje doen.

Maar toen ze haar tas stevig vasthield, ontdekte ze dat ze een grote openbare dienst had bewezen.

Hoewel dit een bevredigende gedachte was, kon hij niet ontkennen dat de warme gloed van deze seksuele ontmoeting zeer verrassend was geweest.

Misschien was het tijd om je spullen af te vegen en terug te gaan naar de ruige seksclubs om wat stoom af te blazen.

EINDE

125

www.ingramcontent.com/pod-product-compliance
Lightning Source LLC
Chambersburg PA
CBHW021224130726
47988CB00002B/802